선생님과 함께 읽는 동백꽃

물음표로 찾아가는 한국단편소설 03

선생님과 함께 읽는
동백꽃

전국국어교사모임 지음 ― 김영민 그림

Humanist

'물음표로 찾아가는 한국단편소설' 시리즈를 펴내며

문학 교육은 아이들이 꿈을 꾸게 하기 위해 필요합니다. 그러나 요즘의 문학 교육은 참고서와 문제집을 통해서만 이루어지고 있습니다. 그래서 문학 수업은 엉뚱한 상상도 발랄한 질문도 없는 밍밍하고 지루한 시간이 되어 버렸습니다. 상상의 여지가 사라지고 질문이 없는 수업은 아이들을 질리게 하고 문학을 말라 죽게 합니다. 그렇다면 어떻게 해야 문학 교육을 살릴 수 있을까요?

무엇보다 학생들이 스스로 생각을 열어 질문을 만들 수 있게 해야 합니다. 매우 상식적인 일이지만, 우리 교육 환경에서는 잘 이루어지기가 어렵습니다. 그래서 전국국어교사모임은 학생들이 스스로 생각을 열고 엉뚱한 상상과 발랄한 질문을 할 수 있는 마중물을 붓기로 했습니다. 이는 말라 버린 문학뿐 아니라 아이들의 메마른 마음에도 물을 붓는 일이 될 것입니다.

교과서에 실린 의미 있는 작품을 골랐습니다 중·고등학교 국어 교과서나 문학 교과서에 실린 단편소설 가운데 오랫동안 많은 사람들에게 널리 읽힌 작품을 골랐습니다. 교과서에 실렸다는 것은 중·고등학생들에게 유용한 작품이라는 것이고, 오래 널리 읽혔다는 것은 재미나 감동, 그리고 생각거리 면에서 어느 하나는 사람들의 마음에 들었음을 뜻하기 때문입니다.

전국의 학생들에게 물었습니다 전국에 있는 수많은 학생에게 소설을 읽혀 보고, 그들이 궁금해 하는 것을 모았습니다. 그러고 나서 의미 있는 질문거리들을 일정한 방식으로 배열했습니다.

현직 국어 선생님들이 물음에 답했습니다 전국의 국어 선생님 100여 분이 다양한 책과 논문을 살펴본 다음 질문에 대한 답을 했습니다. 이런 과정을 통해 보다 보편적인 작품의 의미에 접근하고자 했습니다.

교육 과정과의 연관성을 고려했습니다 수업 현장에서 또는 학생 스스로 이용할 수 있도록 했습니다. '깊게 읽기'에서는 인물, 사건, 배경, 주제 등 작품과 직접 관련되는 내용을 다루었으며, '넓게 읽기'에서는 작가, 시대상, 독자 이야기 등을 살펴볼 수 있도록 했습니다.

'물음표로 찾아가는 한국단편소설' 시리즈는 다양하고 깊이 있는 생각을 이끌어 낼 수 있는 소설 감상의 안내서 구실을 할 것입니다. 또한 작품에 대한 해석과 이해의 차원을 넘어서 문화적·사회적·역사적 정보를 폭넓고 다양하게 제시함으로써 문학 감상 능력을 향상시켜 줄 뿐만 아니라, 문학과 가까워질 수 있는 기회를 제공해 줄 것입니다.

전국국어교사모임

머리말

"닭 죽은 건 염려 마라. 내 안 이를 테니."
그리고 뭣에 떠다밀렸는지 나의 어깨를 짚은 채 퍽 쓰러진다. 그 바람에 나의 몸뚱이도 겹쳐서 쓰러지며, 한창 피어 퍼드러진 노란 동백꽃 속으로 폭 파묻혀 버렸다.
알싸한 그리고 향긋한 그 내음새에 나는 땅이 꺼지는 듯이 온 정신이 고만 아찔하였다.

'어! 노란 동백꽃? 동백꽃은 빨간색이 아니었나? 내가 아는 동백꽃은 분명 빨간색이었는데, 어떻게 된 거지?'
〈동백꽃〉은 여러분이 잘 아는 소설이지요? 강원도 산골 마을을 배경으로 점순이와 '나' 사이에 일어나는 알싸하고 향긋한 사랑 이야기를 담고 있는 소설입니다. 길이가 짧고 내용도 쉬운 데다가 국어 교과서에도 실려 있어서 한 번쯤은 읽어 보았을 거예요.
그런데 소설을 읽으면서 '노란 동백꽃?'처럼 고개를 갸우뚱하거나 궁금해 했던 점은 없었나요?

제목이 왜 '동백꽃'이지? 동백꽃은 끝에 조금밖에 안 나오는데…….
점순이는 왜 하필 '나'에게 감자를 주지? 시시한 감자 말고 다른 멋진 물건도 많았을 텐데.

닭싸움을 시키는데 닭에게 고추장은 왜 먹이지?
'나'는 무엇 때문에 그렇게 점순네 눈치를 보는 걸까?
왜 시간 순서대로 쓰지 않고 이야기를 뒤죽박죽 섞어 놓았지?

이런 궁금증에 대한 답을 찾아 가며 1930년대 강원도 산골 마을에서 살았던 점순이와 '나'에게 좀 더 가까이 다가가 보세요. 그러면 사랑 이야기라고만 생각했던 짧은 소설 속에서 당시 시골 마을 사람들의 생각과 일상적인 삶의 모습을 만날 수 있을 거예요. 그리고 더 나아가 어두웠던 시대 상황과 그런 시대를 살아간 사람들의 힘들고 고달픈 삶도 알게 될 거예요. 그뿐만 아니라 소설에 나타나 있지 않은 장면이나 심리를 더 깊이 상상해 보기도 하고, 소설의 재미를 더하기 위해 사용한 여러 문학적 장치에 대해서도 생각해 보면서 〈동백꽃〉의 맛과 멋을 더 깊이 느낄 수 있을 겁니다.
자, 그럼 '감자'에서 시작되어 '닭싸움'으로 불이 붙고, '동백꽃'으로 마무리되는 점순이와 '나'의 이야기 속으로 들어가 볼까요?

류문숙, 배성완, 박상희, 박수진, 박채형, 이헌욱, 전윤정

차례

'물음표로 찾아가는 한국단편소설' 시리즈를 펴내며　4
머리말　6

작품 읽기 〈동백꽃〉_ 김유정　11

깊게 읽기 묻고 답하며 읽는 〈동백꽃〉

1_ 소재와 시대를 살피다
노란 동백꽃도 있나요?　33
마름이 무엇인가요?　36
닭싸움은 어떻게 시키나요?　39
닭이 고추장을 먹으면 힘이 세지나요?　42
'나'는 어쩌다 점순이네 마을에서 살게 되었나요?　44
점순이와 '나'는 어린데 왜 결혼 이야기까지 하나요?　48

2_ 속마음을 들여다보다
점순이는 왜 감자를 주었나요?　53
'나'는 왜 감자를 받지 않았나요?　56
점순이는 왜 욕을 했나요?　59

점순이는 왜 닭을 괴롭히나요? 62
점순이는 왜 '나'의 어깨를 짚고 쓰러졌나요? 66
점순이는 왜 그렇게 적극적인가요? 69

3_ 작가의 의도를 엿보다
'나'의 마음은 알겠는데, 점순이의 마음은 어땠을까요? 73
왜 여자 주인공 이름이 '점순이'인가요? 78
왜 제목이 '동백꽃'인가요? 81
왜 이야기 순서가 뒤죽박죽인가요? 84

넓게 읽기 작품 밖 세상 들여다보기

작가 이야기 – 김유정 가상 인터뷰 90
시대 이야기 – 1931~1935년 96
엮어 읽기 – 김유정의 또 다른 작품들 98
다시 읽기 – '김유정 문학촌'을 찾아서 103
독자 이야기 – 점순이와 동갑내기가 쓴 〈동백꽃〉 뒷이야기 108

참고 문헌 119

작품 읽기

동백꽃

김유정

오늘도 또 우리 수탉이 막 쪼이었다. 내가 점심을 먹고 나무를 하러 갈 양으로 나올 때이었다. 산으로 올라서려니까 등 뒤에서 푸드득 푸드득 하고 닭의 횃소리가 야단이다. 깜짝 놀라며 고개를 돌려 보니 아니나 다르랴 두 놈이 또 얼리었다.

점순네 수탉(대강이가 크고 똑 오소리같이 실팍하게 생긴 놈)이 덩저리 작은 우리 수탉을 함부로 해내는 것이다. 그것도 그냥 해내는 것이 아니라 푸드득 하고 면두를 쪼고 물러섰다가 좀 사이를 두고 또 푸드득 하고 모가지를 쪼았다. 이렇게 멋을 부려 가며 여지없이 닦아 놓는다. 그러면 이 못생긴 것은 쪼일 적마다 주둥이로 땅을 받으며 그 비명이 킥, 킥, 할 뿐이다. 물론 미처 아물지도 않은 면두를 또 쪼이어 붉은 선혈은 뚝뚝 떨어진다.

이걸 가만히 내려다보자니 내 대강이가 터져서 피가 흐르는 것 같이 두 눈에서 불이 번쩍 난다. 대뜸 지게막대기를 메고 달려들어 점순네 닭을 후려칠까 하다가 생각을 고쳐먹고 헛매질로 떼어만 놓았다.

이번에도 점순이가 쌈을 붙여 놨을 것이다. 바짝바짝 내 기를 올리느라고 그랬음에 틀림없을 것이다.
고놈의 계집애가 요새로 들어서 왜 나를 못 먹겠다고 고렇게 아르릉거리는지 모른다.

나흘 전 감자 쪼간만 하더라도 나는 저에게 조금도 잘못한 것은 없다.
계집애가 나물을 캐러 가면 갔지 남 울타리 엮는데 쌩이질을 하는 것은 다 뭐냐. 그것도 발소리를 죽여 가지고 등 뒤로 살며시 와서,
"얘! 너 혼자만 일하니?"
하고 긴치 않는 수작을 하는 것이다.
어제까지도 저와 나는 이야기도 잘 않고 서로 만나도 본척만척하고 이렇게 점잖게 지내던 터이련만, 오늘로 갑작스레 대견해졌음은 웬일인가. 항차 망아지만 한 계집애가 남 일하는 놈 보구…….
"그럼 혼자 하지 떼루 하디?"
내가 이렇게 내배앝는 소리를 하니까,
"너 일하기 좋니?"
또는,
"한여름이나 되거든 하지 벌써 울타리를 하니?"
잔소리를 두루 늘어놓다가 남이 들을까 봐 손으로 입을 틀어막고는 그 속에서 깔깔댄다. 별로 우스울 것도 없는데 날새가 풀리더니 이놈의 계집애가 미쳤나 하고 의심하였다. 게다가 조금 뒤에는 제 집께를 할금할금 돌아다보더니 행주치마의 속으로 꼈던 바른손

을 뽑아서 나의 턱밑으로 불쑥 내미는 것이다. 언제 구웠는지 아직도 더운 김이 홱 끼치는 굵은 감자 세 개가 손에 뿌듯이 쥐였다.

"느 집엔 이거 없지?"

하고 생색 있는 큰소리를 하고는 제가 준 것을 남이 알면은 큰일 날 테니 여기서 얼른 먹어 버리란다. 그리고 또 하는 소리가,

"너 봄감자가 맛있단다."

"난 감자 안 먹는다. 니나 먹어라."

나는 고개도 돌리랴지 않고 일하던 손으로 그 감자를 도로 어깨 너머로 쑥 밀어 버렸다.

그랬더니 그래도 가는 기색이 없고 뿐만 아니라 쌔근쌔근하고 심상치 않게 숨소리가 점점 거칠어진다. 이건 또 뭐야, 싶어서 그때에야 비로소 돌아다보니 나는 참으로 놀랐다. 우리가 이 동리에 들어온 것은 근 삼 년째 되어 오지만 여지껏 가무잡잡한 점순이의 얼굴이 이렇게까지 홍당무처럼 새빨개진 법이 없었다. 게다 눈에 독을 올리고 한참 나를 요렇게 쏘아보더니 나중에는 눈물까지 어리는 것이 아니냐. 그리고 바구니를 다시 집어 들더니 이를 꼭 악물고는 엎

어질 듯 자빠질 듯 논둑으로 횡하게 달아나는 것이다.
 어쩌다 동리 어른이,
 "너 얼른 시집을 가야지?"
하고 웃으면,
 "염려 마서유. 갈 때 되면 어련히 갈라구!"
 이렇게 천연덕스레 받는 점순이였다. 본시 부끄럼을 타는 계집애도 아니거니와 또한 분하다고 눈에 눈물을 보일 얼병이도 아니다. 분하면 차라리 나의 등어리를 바구니로 한 번 모지게 후려 쌔리고 달아날지언정.
 그런데 고약한 그 꼴을 하고 가더니 그 뒤로는 나를 보면 잡아먹을랴고 기를 복복 쓰는 것이다.
 설혹 주는 감자를 안 받아먹은 것이 실례라 하면, 주면 그냥 주었지 '느 집엔 이거 없지?'는 다 뭐냐. 그렇잖아도 저희는 마름이고 우리는 그 손에서 배재를 얻어 땅을 부치므로 일상 굽신거린다. 우리가 이 마을에 처음 들어와 집이 없어서 곤란으로 지낼 제 집터를 빌리고 그 위에 집을 또 짓도록 마련해 준 것도 점순네의 호의였다. 그리고 우리 어머니 아버지도 농사 때 양식이 딸리면 점순네한테 가서 부지런히 꾸어다 먹으면서 인품 그런 집은 다시없으리라고 침이 마르도록 칭찬하고 하는 것이다. 그러면서도 열일곱씩이나 된 것들이 수군수군하고 붙어 다니면 동리의 소문이 사납다고 주의를 시켜 준 것도 또 어머니였다. 왜냐하면 내가 점순이하고 일을 저질렀다가는 점순네가 노할 것이고, 그러면 우리는 땅도 떨어지고 집도 내쫓기고 하지 않으면 안 되는 까닭이었다.

그런데 이놈의 계집애가 까닭 없이 기를 복복 쓰며 나를 말려 죽일랴고 드는 것이다.

눈물을 흘리고 간 담날 저녁나절이었다. 나무를 한 짐 잔뜩 지고 산을 내려오려니까 어디서 닭이 죽는 소리를 친다. 이거 뉘 집에서 닭을 잡나, 하고 점순네 울 뒤로 돌아오다가 나는 고만 두 눈이 뚱그레졌다. 점순이가 저희 집 봉당에 홀로 걸터앉았는데, 아 이게 치마 앞에다 우리 씨암탉을 꼭 붙들어 놓고는,
"이놈의 닭! 죽어라 죽어라."
요렇게 암팡스리 패 주는 것이 아닌가. 그것도 대가리나 치면 모른다마는 아주 알도 못 낳으라고 그 볼기짝께를 주먹으로 콕콕 쥐어박는 것이다.
나는 눈에 쌍심지가 오르고 사지가 부르르 떨렸으나 사방을 한 번 휘돌아보고야 그제서 점순이 집에 아무도 없음을 알았다. 잡은 참지게막대기를 들어 울타리의 중턱을 후려치며,
"이놈의 계집애! 남의 닭 알 못 낳으라구 그러니?"
하고 소리를 빽 질렀다.
그러나 점순이는 조금도 놀라는 기색이 없고 그대로 의젓이 앉아서 제 닭 가지고 하듯이 또 죽어라, 죽어라, 하고 패는 것이다. 이걸 보면 내가 산에서 내려올 때를 겨냥해 가지고 미리부터 닭을 잡아 가지고 있다가 네 보란 듯이 내 앞에 쥐지르고 있음이 확실하다.
그러나 나는 그렇다고 남의 집에 뛰어 들어가 계집애하고 싸울 수도 없는 노릇이고 형편이 썩 불리함을 알았다. 그래 닭이 맞을 적

마다 지게막대기로 울타리를 후려칠 수밖에 별 도리가 없다. 왜냐하면 울타리를 치면 칠수록 울섶이 물러앉으며 뼈대만 남기 때문이다. 허나 아무리 생각하여도 나만 밑지는 노릇이다.

"아 이년아! 남의 닭 아주 죽일 터이냐?"

내가 도끼눈을 뜨고 다시 꽥 호령을 하니까 그제서야 울타리께로 쪼르루 오더니 울 밖에 섰는 나의 머리를 겨누고 닭을 내팽개친다.

"예이 더럽다! 더럽다!"

"더러운 걸 널더러 입때 끼고 있으랬니? 망할 계집애년 같으니."

하고 나도 더럽단 듯이 울타리께를 힝하게 돌아내리며 약이 오를 대로 다 올랐다. 라고 하는 것은 암탉이 풍기는 서슬에 나의 이마빼기에다 물찌똥을 찍 깔겼는데 그걸 본다면 알집만 터졌을 뿐 아니라 골병은 단단히 든 듯싶다.

그리고 나의 등 뒤를 향하여 나에게만 들릴 듯 말 듯한 음성으로,

"이 바보 녀석아!"

"얘! 너 배냇병신이지?"

그만도 좋으련만,

"얘! 너 느 아버지가 고자라지?"

'뭐? 울 아버지가 그래 고자야?' 할 양으로 열병거지가 나서 고개를 홱 돌리어 바라봤더니 그때까지 울타리 위로 나와 있어야 할 점순이의 대가리가 어디 갔는지 보이지를 않는다. 그러다 돌아서서 오자면 아까에 한 욕을 울 밖으로 또 퍼붓는 것이다. 욕을 이토록 먹어 가면서도 대거리 한마디 못하는 걸 생각하니 돌부리에 채이어 발톱 밑이 터지는 것도 모를 만치 분하고 급기야는 두 눈에 눈물까

지 불끈 내솟는다.

 그러나 점순이의 침해는 이것뿐이 아니다.
 사람들이 없으면 틈틈이 제 집 수탉을 몰고 와서 우리 수탉과 쌈을 붙여 놓는다. 제 집 수탉은 썩 험상궂게 생기고 쌈이라면 홰를 치는 고로 으레 이길 것을 알기 때문이다. 그래서 툭하면 우리 수탉이 면두며 눈깔이 피로 흐드르하게 되도록 해 놓는다. 어떤 때에는 우리 수탉이 나오지를 않으니까 요놈의 계집애가 모이를 쥐고 와서 꾀여 내다가 쌈을 붙인다.
 이렇게 되면 나도 다른 배채를 차리지 않을 수 없다. 하루는 우리 수탉을 붙들어 가지고 넌지시 장독께로 갔다. 쌈닭에게 고추장을 먹이면 병든 황소가 살모사를 먹고 용을 쓰는 것처럼 기운이 뻗친다 한다. 장독에서 고추장 한 접시를 떠서 닭 주둥아리께로 들이밀고 먹여 보았다. 닭도 고추장에 맛을 들였는지 거스르지 않고 거진 반 접시 턱이나 곧잘 먹는다. 그리고 먹고 금세는 용을 못 쓸 터이므로 얼마쯤 기운이 돌도록 횃속에다 가두어 두었다.
 밭에 두엄을 두어 짐 져 내고 나서 쉴 참에 그 닭을 안고 밖으로 나왔다. 마침 밖에는 아무도 없고 점순이만 저희 울 안에서 헌 옷을 뜯는지 혹은 솜을 터는지 웅크리고 앉아서 일을 할 뿐이다.
 나는 점순네 수탉이 노는 밭으로 가서 닭을 내려놓고 가만히 맥을 보았다. 두 닭은 여전히 얼리어 쌈을 하는데, 처음에는 아무 보람이 없다. 멋지게 쪼는 바람에 우리 닭은 또 피를 흘리고 그러면서도 날갯죽지만 푸드득 푸드득 하고 올라 뛰고 뛰고 할 뿐으로 제법

한 번 쪼아 보도 못한다.
 그러나 한번엔 어쩐 일인지 용을 쓰고 펄쩍 뛰더니 발톱으로 눈을 하비고 내려오며 면두를 쪼았다. 큰 닭도 여기에는 놀랐는지 뒤로 멈씰하며 물러난다. 이 기회를 타서 작은 우리 수탉이 또 날쌔게 덤벼들어 다시 면두를 쪼니 그제서는 감때사나운 그 대갱이에서도 피가 흐르지 않을 수 없다.
 옳다 알았다 고추장만 먹이면 되는구나, 하고 나는 속으로 아주 쟁그러워 죽겠다. 그

때에는 뜻밖에 내가 닭쌈을 붙여 놓는 데 놀라서 울 밖으로 내다 보고 섰던 점순이도 입맛이 쓴지 살을 찌푸렸다.
　나는 두 손으로 볼기짝을 두드리며 연방,
　"잘한다! 잘한다!"
하고 신이 머리끝까지 뻗치었다.
　그러나 얼마 되지 않아서 나는 넋이 풀리어 기둥같이 묵묵히 서 있게 되었다. 왜냐면 큰 닭이 한 번 쪼인 앙갚음으로 호들갑스레 연거푸 쪼는 서슬에 우리 수탉은 찔끔 못하고 막 곯는다. 이걸 보고서 이번에는 점순이가 깔깔거리고 되도록 이쪽에서 많이 들으라고 웃는 것이다.
　나는 보다 못하여 덤벼들어서 우리 수탉을 붙들어 가지고 도로 집으로 들어왔다. 고추장을 좀 더 먹였더라면 좋았을걸, 너무 급하게 쌈을 붙인 것이 퍽 후회가 난다. 장독께로 돌아와서 다시 턱밑에 고추장을 들이댔다. 흥분으로 말미암아 그런지 당최 먹질 않는다.
　나는 하릴없이 닭을 반듯이 눕히고 그 입에다 궐련 물쭈리를 물리었다. 그리고 고추장물을 타서 그 구멍으로 조금씩 들이부었다. 닭은 좀 괴로운지 킥, 킥, 하고 재채기를 하는 모양이나, 그러나 당장의 괴로움은 매일같이 피를 흘리는 데 댈 게 아니라 생각하였다.

그러나 한 두어 종지가량 고추장물을 먹이고 나서는 나는 고만 풀이 죽었다. 싱싱하던 닭이 왜 그런지 고개를 살며시 뒤틀고는 손아귀에서 뻐드러지는 것이 아닌가. 아버지가 볼까 봐서 얼른 홰에다 감추어 두었더니 오늘 아침에서야 겨우 정신이 든 모양 같다.

그랬던 걸 이렇게 오다 보니까 또 쌈을 붙여 놨으니, 이 망할 계집애가. 필연 우리 집에 아무도 없는 틈을 타서 제가 들어와 홰에서 꺼내 가지고 나간 것이 분명하다.

나는 다시 닭을 잡아다 가두고 염려는 스러우나 그렇다고 산으로 나무를 하러 가지 않을 수도 없는 형편이었다.

소나무 삭정이를 따며 가만히 생각해 보니 암만해도 고년의 목쟁이를 돌려놓고 싶다. 이번에 내려가면 망할 년 등줄기를 한번 되게 후려치겠다, 하고 씽둥겅둥 나무를 지고는 부리나케 내려왔다.

거지반 집께 다 내려와서 나는 호들기 소리를 듣고 발이 딱 멈추었다. 산기슭에 널려 있는 굵은 바윗돌 틈에 노란 동백꽃이 소보록하니 깔리었다. 그 틈에 끼어 앉아서 점순이가 청승맞게스리 호들기를 불고 있는 것이다. 그보다 더 놀란 것은 고 앞에서 또 푸드득 푸드득 하고 들리는 닭의 횃소리다. 필연코 요년이 나의 약을 올리느라고 또 닭을 집어내다가 내가 내려올 길목에다 쌈을 시켜 놓고 저는 그 앞에 앉아서 천연스레 호들기를 불고 있음에 틀림없으리라.

나는 약이 오를 대로 다 올라서 두 눈에서 불과 함께 눈물이 픽 쏟아졌다. 나뭇지게도 벗어 놓을 새 없이 그대로 내동댕이치고는 지게막대기를 뻗치고 허둥허둥 달려들었다.

가차이 와 보니 과연 나의 짐작대로 우리 수탉이 피를 흘리고 거의 빈사지경에 이르렀다. 닭도 닭이려니와 그러함에도 불구하고 눈 하나 깜짝 없이 고대로 앉아서 호들기만 부는 그 꼴에 더욱 치가 떨린다. 동리에서도 소문이 났거니와 나도 한때는 걱실걱실히 일 잘하고 얼굴 예쁜 계집애인 줄 알았더니 시방 보니까 그 눈깔이 꼭 여우 새끼 같다.

나는 대뜸 달려들어서 나도 모르는 사이에 큰 수탉을 단매로 때려 엎었다. 닭은 푹 엎어진 채 다리 하나 꼼짝 못하고 그대로 죽어 버렸다. 그리고 나는 멍하니 섰다가 점순이가 매섭게 눈을 홉뜨고 닥치는 바람에 뒤로 벌렁 나자빠졌다.

"이놈아! 너 왜 남의 닭을 때려죽이니?"

"그럼 어때?"

하고 일어나다가,

"뭐 이 자식아! 누 집 닭인데?"

하고 복장을 떼미는 바람에 다시 벌렁 자빠졌다. 그리고 나서 가만히 생각을 하니 분하기도 하고 무안도 스럽고, 또 한편 일을 저질렀으니 인젠 땅이 떨어지고 집도 내쫓기고 해야 될는지 모른다.

나는 비슬비슬 일어나며 소맷자락으로 눈을 가리고는 얼김에 엉하고 울음을 놓았다. 그러나 점순이가 앞으로 다가와서,

"그럼 너 이담부텀 안 그럴 테냐?"

하고 물을 때에야 비로소 살길을 찾은 듯싶었다. 나는 눈물을 우선 씻고 뭘 안 그러는지 명색도 모르건만,

"그래!"

하고 무턱대고 대답하였다.
"요담부터 또 그래 봐라, 내 자꾸 못살게 굴 테니."
"그래 그래, 인젠 안 그럴 테야!"
"닭 죽은 건 염려 마라. 내 안 이를 테니."
그리고 뭣에 떠다밀렸는지 나의 어깨를 짚은 채 그대로 퍽 쓰러진다. 그 바람에 나의 몸뚱이도 겹쳐서 쓰러지며, 한창 피어 퍼드러진 노란 동백꽃 속으로 폭 파묻혀 버렸다.
알싸한 그리고 향긋한 그 내음새에 나는 땅이 꺼지는 듯이 온 정신이 고만 아찔하였다.
"너 말 말아!"
"그래!"
조금 있더니 요 아래서,
"점순아! 점순아! 이년이 바느질을 하다 말구 어딜 갔어?"
하고 어딜 갔다 온 듯싶은 그 어머니가 역정이 대단히 났다.
점순이가 겁을 잔뜩 집어먹고 꽃 밑을 살금살금 기어서 산 알로 내려간 다음, 나는 바위를 끼고 엉금엉금 기어서 산 위로 치빼지 않을 수 없었다.

*《조광》 1936년 5월호에 발표된 것을 바탕으로 함.

어휘풀이

가차이 가까이.
감때사납다 생김새나 성질이 휘어잡기 힘들게 매우 억세고 사납다.
거지반 거의 절반 가까이.
걱실걱실히 성품, 말과 행동, 생김새 따위가 서글서글하고 활발하게.
고자 생식기가 불완전한 남자.
골병 좀처럼 고치기 어렵게 속으로 깊이 든 병.
곯다 은근히 해를 입어 골병이 들다.
구녁 구멍.
궐련 얇은 종이로 가늘게 말아 놓은 담배.
날새 날씨.
내배앝다 입 밖으로 뱉어 내보내다.
단매 단 한 번 때리는 매.
대갈이 ① 짐승의 머리. ② 사람의 머리를 비속하게 이르는 말.
대거리 상대방에 맞서서 대드는 것. 또는 그러한 말과 행동
딩저리 '몸집'을 낮추어 이르는 말.
도끼눈 분하거나 미워서 매섭게 쏘아 노려보는 눈.
두엄 풀, 짚 또는 가축의 배설물 따위를 썩힌 거름.
맥 일이 돌아가는 형편.
멈씰하다(멈칫하다) 하던 일이나 동작을 갑자기 멈추다.
면두(볏) 닭이나 꿩 같은 새의 이마 위에 세로로 붙은, 빛깔이 붉고 가장자리가 톱니처럼 생긴 살 조각.
목쟁이 '목'을 야비하게 일컫는 말.
물쭈리(물부리) 궐련을 끼워 입에 물고 빠는 물건.
물찌똥 설사할 때 나오는, 물기가 많은 묽은 똥.
배냇병신 세상에 날 때부터의 병신.
배재 땅을 소작할 수 있는 권리.
배채 어떤 일을 하기 위한 꾀.
복복 억지를 부리면서 기를 쓰거나 우기는 모양.
복장 가슴의 한복판.
봉당 재래식 한옥에서, 방에 들어가는 문 앞에 좀 높이 편평하게 다진 흙바닥.
빈사지경 거의 죽을 지경. 거의 죽게 된 상태. 거의 죽을 형편.
뻐드러지다 굳어서 뻣뻣하게 되다.
삭정이 살아 있는 나무에 붙은 채 말라 죽은 작은 가지.
생색 남에게 무엇을 베푼 데 대하여 체면이 선 것을 공치사하여 드러내어 보임.
서슬 언행의 날카로운 기세.
선혈 갓 흘러나온 붉은 피. 신선한 피.
소보록하다 물건이 많이 담기거나 쌓여 좀 볼록하다.
수작 남의 말이나 행동을 업신여겨 이르는 말.

실팍하다 사람이나 물건 따위가 보기에 매우 튼튼하다.
성둥겅둥(건성건성) 정성을 들이지 않고 대충대충 일을 하는 모양.
쌍심지 한 등잔에 있는 두 개의 심지. 여기서는 몹시 화가 나서 두 눈에 핏발이 섬을 비유하여 이르는 말.
쎙이질 한창 바쁠 때 쓸데없는 일로 남을 귀찮게 구는 짓.
씨암탉 씨를 받으려고 기르는 암탉.
아르롱거리다 못살게 굴다.
알로 아래로.
암팡스리(암팡스레) 보기에 당차고 강단이 있게.
얼벙이(얼뜨기) 겁이 많고 어리석으며, 다부지지 못하여 어수룩하고 얼빠져 보이는 사람을 낮잡아 이르는 말.
역정 '성'의 높임말. 몹시 언짢거나 못마땅하게 여겨 내는 성. 주로 윗사람에게 쓰는 말.
열벙거지 매우 급하게 치밀어 오르는 화증의 속된 말. '벙거지'는 모자의 한 종류이나, 여기서는 앞의 말을 속되게 일컫는 접미사의 한 가지로 쓰임.
울 ① 우리. 말하는 사람이 자기편의 여러 사람을 일컫는 말. ② 울타리. 풀이나 나무 따위를 얽거나 엮어서 담 대신에 경계를 지어 막는 물건.
울섶 울타리를 만들어 세우는 데 쓰이는 나무.
인품 사람이 사람으로서 가지는 품격이나 됨됨이.
쟁그럽다 하는 행동이 괴상하여 얄밉다.
종지 간장, 고추장 등을 담는 작은 그릇.
쥐지르다 주먹으로 힘껏 내지르다.
쪼간 어떤 일이나 사건.
쪼이다 '쪼다'의 피동으로, 남에게 쫌을 당하다. 즉, 남에게 위협을 당하거나 몹시 시달림을 받다.
천연덕스레 시치미를 뚝 떼어 겉으로는 아무렇지 않게.
치빼다 냅다 달아나다.
하비다 (손톱이나 발톱 따위의 날카로운 물건으로) 긁어 파서 생채기를 내다.
할금할금 남의 눈치를 살피려고 곁눈으로 살그머니 보는 모양.
항차 '하물며'라는 뜻으로 쓰이는 접속의 말.
헛매질 때릴 듯이 위협하는 짓.
호들기(호드기) 봄철에 물오른 버들가지를 비틀어 뽑은 통껍질이나 밀짚 토막 따위로 만든 피리.
홰 닭이나 새가 앉도록, 닭장이나 새장 속에 가로 지른 나무 막대.
홰를 치다 닭이나 새가 날개를 벌리고서 홰를 탁탁 치다.
횃소리 닭이나 새가 날개를 벌리고 홰를 탁탁 치는 소리.
흐드르하다 물 같은 것이 많이 괴거나 묻어서 번드르르하다.

깊게 읽기

묻고 답하며 읽는 〈동백꽃〉

배경

인물·사건

작품

주제

1_ 소재와 시대를 살피다
노란 동백꽃도 있나요?
마름이 무엇인가요?
닭싸움은 어떻게 시키나요?
닭이 고추장을 먹으면 힘이 세지나요?
'나'는 어쩌다 점순이네 마을에서 살게 되었나요?
점순이와 '나'는 어린데 왜 결혼 이야기까지 하나요?

2_ 속마음을 들여다보다
점순이는 왜 감자를 주었나요?
'나'는 왜 감자를 받지 않았나요?
점순이는 왜 욕을 했나요?
점순이는 왜 닭을 괴롭히나요?
점순이는 왜 '나'의 어깨를 짚고 쓰러졌나요?
점순이는 왜 그렇게 적극적인가요?

3_ 작가의 의도를 엿보다
'나'의 마음은 알겠는데, 점순이의 마음은 어땠을까요?
왜 여자 주인공 이름이 '점순이'인가요?
왜 제목이 '동백꽃'인가요?
왜 이야기 순서가 뒤죽박죽인가요?

노란 동백꽃도 있나요?

혹시 '동백꽃'을 알고 있나요? 본 적은 있나요?

여러분이 생각하는 동백꽃은 이른 봄에 피는 붉은 꽃일 거예요. 오른쪽 사진 속 꽃 말이에요. 많은 사람들이 그렇게 생각하지요.

예전에 나왔던 《동백꽃》 표지에도 붉은 동백꽃을 그려 놓았네요.

1940년

1950년대

1957년

그러나 이 소설에 나온 '동백꽃'은 여러분이 생각하는 그 붉은 꽃이 아니라 강원도에서 '동백꽃'이라 불리는 '생강나무 꽃'이랍니다.

'생강나무'라는 이름에서 벌써 나무의 특징이 떠오르지 않나요? 예, 맞습니다. 꽃과 줄기에서 생강 냄새가 나기 때문에 '생강나무'라는 이름이 붙었답니다. 나뭇가지 끝을 부러뜨려서 냄새를 맡아 보면 생강 냄새가 솔솔 나지요. 생강이 나지 않는 곳에서는 이것을 생강 대신 쓰기도 했다고 하네요. 향긋하고 알싸한 냄새를 좋아하는 사람들은 생강나무의 어린잎이나 꽃을 말려서 차로 마시기도 한다네요.

생강나무 꽃

생강나무는 키가 2~3미터쯤 되는데, 봄에 노란 꽃을 피웁니다.

생강나무가 '동백'이라 불리는 까닭은 무엇일까요?

동백은 이른 봄에 꽃을 피워 봄을 알리는 구실을 해요. 그리고 여자들이 좋아하는 꽃이죠. 왜냐고요? 여자들이 머리를 곱게 단장하는 데 동백에서 짠 기름이 쓰였기 때문이에요. 곱게 빗은 머리에 동백기름을 바르면 머리카락에 윤이 나서 머릿결이 좋아 보였답니다.

그런데 동백기름은 매우 귀한 것이어서 서민들이 쉽게 구해서 쓰기가 어려웠어요. 그래서 동백만큼은 아니지만 그와

비슷한 효과를 볼 수 있는 생강나무 열매로 기름을 짜서 머리를 단장했답니다. 이 때문에 동백 대신 쓰이는 나무라는 뜻으로 생강나무를 '개동백' 또는 '산동백'이라고 했다고 합니다. 줄여서 그냥 '동백'이라고도 했고요.

생강나무는 잎 모양이 남달라요. 오른쪽 사진 속 나뭇잎 모양을 자세히 보세요. 분명 한 나무인데 두 가지 모양의 나뭇잎이 있지요? 하나는 세 갈래로 갈라진 잎이고, 다른 하나는 심장(하트) 모양의 잎이에요.

생강나무 잎

이렇게 한 나무에 두 가지 잎이 자라는 까닭은 무엇일까요?

그것은 아래에 있는 잎을 배려하는 마음 때문이라고 해요. 하트 모양의 잎만 있으면 아래쪽에까지 햇빛이 내려가지 않기 때문에, 잎이 세 갈래 갈라진 틈으로 햇빛이 아래쪽 나뭇잎에까지 비치게 하려는 것이랍니다.

아래에 있는 나뭇잎을 배려하는 생강나무의 마음을 사람들도 배우면 좋겠네요.

마름이 무엇인가요?

그렇잖아도 저희는 마름이고 우리는 그 손에서 배재를 얻어 땅을 부치므로 일상 굽신거린다. ……
내가 점순이하고 일을 저질렀다가는 점순네가 노할 것이고, 그러면 우리는 땅도 떨어지고 집도 내쫓기고 하지 않으면 안 되는 까닭이었다.

'나'는 소작농 아들이고, 점순이는 '마름' 딸이에요. 소작농은 땅을 빌려서 농사짓는 사람을 뜻해요. 마름은 지주(땅 주인) 대신 소작농을 관리하는 사람이고요. 마름은 주로 소작농에게 소작료를 받아서 지주에게 전해 주는 일을 했답니다.

마름이 자기 자리를 지키려면 소작농을 잘 관리해야 했어요. 만약 관리를 잘못해서 손해가 났을 때에는 마름이 바뀌는 것은 물론이고 손해를 본 만큼 배상을 해야 했기 때문이지요.

다음 그림은 김홍도가 그린 〈타작〉이라는 풍속화예요. 수확한 곡식을 타작하는 농민들의 기쁨이 담긴 표정이 보이나요? 열심히 일해서 거둔 소중한 알곡 덕분에 농민들 얼굴에선 힘든 기색이 보이지 않아요.

그런데 오른쪽에 갓을 쓰고 누워 있는 사람은 누구일까요? 모두들

열심히 일하고 있는데 그 사람만 가만히 누워서 지켜보고 있네요. 아마도 수확한 알곡을 거두어 가려는 '마름'인가 봅니다.

마름이 지켜보는 가운데 일하고 있는 소작농들, 웃음을 띠며 일하고 있지만 그들의 속마음은 어땠을까요?

한 해 농사가 끝나고 나면 소작농은 수확한 것 가운데 일부를 마름에게 주어야 했어요. 그래서 곡식을 거두고 타작을 하는 시기가 소작농에게는 수확의 기쁨을 누리는 즐거운 시간이기도 했지만, 동시에 지주에게 바쳐야 하는 소작료 때문에 마음이 무거운 시기이기도 했답니다.

〈동백꽃〉에서는 마름이 인품 좋은 사람으로 그려져 있지만, 자기 권한을 이용해 소작농을 괴롭힌 마름도 많았다고 해요. 지주에게 농사 결과를 거짓으로 보고하고, 지주와 소작농을 속여 중간에서 이득을 얻는 마름도 있었답니다. 또 소작농을 농사짓는 땅에서 내쫓고 그 땅을 다른 사람에게 넘기기도 했어요. 심지어 이러저러한 구실을 들어 강제로 일을 시키기도 했지요. 모든 마름이 못되게 군 것은 아니지만, 이런 마름들 때문에 사람들은 '마름'이라고 하면 '나쁜 사람'이라는 생각을 먼저 하게 되었지요.

김유정의 다른 작품 〈봄봄〉을 보면 그러한 마름의 모습이 잘 그려져 있어요.

마름이란 욕 잘하고, 사람 잘 치고, 그리고 생김 생기길 호박개 같애야 쓰는 거지만 장인님은 외양이 똑 됐다. 작인이 닭 마리나 좀 보내지 않는다든가 애벌논 때 품을 좀 안 준다든가 하면 그 해 가을에는 영락없이 땅이 뚝뚝 떨어진다. 그러면 미리부터 돈도 먹이고 술도 먹이고 안달재신으로 돌아치던 놈이 그 땅을 슬쩍 돌라안는다. 이 바람에 장인님 집 외양간에는 눈깔 커다란 황소 한 놈이 절로 엉금엉금 기어들고, 동리 사람은 그 욕을 다 먹어 가면서도 그래도 굽신굽신 하는 게 아닌가.

마름이 괴롭히는 것에 당당히 맞선 소작농도 있었지만, 대부분은 그럴 수 없었어요. 소작농은 농사를 지어야만 먹고살 수 있었기 때문에, 마름의 말에 꼼짝없이 따를 수밖에 없었지요. 이 소설에서 점순이가 괴롭히는데도 '나'가 함부로 하지 못했던 것을 보면 '마름'에 대한 소작농의 태도를 알 수 있습니다.

많은 소작농을 힘들게 했던 마름은 해방 이후 시대적·사회적 변화에 따라 점차 사라졌습니다.

닭싸움은 어떻게 시키나요?

 닭싸움을 시킬 때에는 먼저 수탉 두 마리를 마주 보게 합니다. 그러면 처음에는 날개를 부풀리며 기 싸움을 하다가 눈이 마주치는 순간 투닥투닥 싸움을 해요. 몸을 부딪치며 뛰어오르고 부리로 상대를 공격하다가 한 놈이 도망을 가면 싸움이 끝나죠. 닭은 싸우더라도 상대를 심하게 다치게 하거나 죽이는 일은 없대요.

 지역에 따라서는 닭이 주저앉거나 또는 서 있더라도 주둥이가 땅에 닿으면 진다는 규칙을 정한 곳도 있어요. 만약 두 마리 모두 주저앉을 때는 주둥이를 높이 든 쪽이 이기지요. 그래서 닭 주인들은 목을 길게 늘이고 또 빨리 돌릴 수 있도록 하려고, 모이를 키보다 높게 해서 빙빙 돌려 가며 주기도 한답니다.

 싸움닭이 아니라도 수탉은 기본적으로 영역을 차지하려는 본성이 있어서 두 마리가 만나면 싸움을 한다고 해요. 그래서 아무에게나 시비를 잘 거는 사람을 보고 '싸움닭 같다.'라고도 하지요.

이 소설에서는 점순이가 일부러 수탉을 데리고 나와서 싸움을 붙여요. 점순이뿐만 아니라 시골에서는 아이들이 자기 집 닭을 데리고 나와 싸움을 붙이는 일이 자주 있었어요. 실제로 동네에서 닭싸움을 보고 자랐던 도법 스님의 이야기를 들어 볼까요?

어릴 적에 우리 동네 친구들은 닭싸움 붙이는 것을 좋아했어요. 논바닥에서 수놈들이 모이면 저희들끼리 싸우기도 하지만 구경하는 것이 재미있어서 일부러 싸움을 붙이기도 했어요. 닭들의 사회에는 나름 서열 관계가 있어서 선배한테는 꼼짝도 못해요. 그런데 우리 집 닭이 이웃집 닭보다 후배였거든요. 그러니 만날 기도 못 펴고 슬슬 피해 다니고 그랬죠. 그 꼴이 얼마나 못마땅한지 견딜 수가 없더라고요.
…… 그래서 엄마 몰래 고추장하고 된장, 참기름을 가져다 닭에게 억지로 먹였어요. 누가 그러더라고요, 그렇게 하면 닭이 사나워진다고. 그러고는 거울을 보여 주면서 열심히 훈련을 시켰죠. 닭은 자기 주인이 자기한테 얼마나 관심을 기울이는지, 자기를 얼마나 잘 돌봐 주는지 아는 것 같아요. 뒤에서 받쳐 주는 주인이 있다 싶으면 닭도 알아서 기세가 등등해지거든요. 그래서 결국 우리 집 닭이 싸워서 이겼어요. 그 이웃집 선배 닭을 한 번 이기고 나니까 기가 딱 살아나더라고요. 그 후로는 늘 목을 빳빳하게 세우고 다녔죠.

— 정용선, 《시인과 스님, 삶을 말하다》

어느 마을에서나 쉽게 볼 수 있었던 닭싸움은 도시화가 진행되면서 점차 사라졌어요.

소싸움

닭처럼 서로를 크게 다치게 하지 않고 싸우는 동물이 있는데, 바로 '소'입니다.

소싸움은 소들의 넘치는 힘이 맞부딪치기 때문에 보는 이의 손에 땀을 쥐게 해요. 그래서 우리 조상들은 닭싸움 못지않게 소싸움도 많이 즐겼어요.

소싸움이 언제부터 시작되었는지는 정확히 알 수 없지만 농사를 많이 짓던 시절, 농사꾼들이 잠깐씩 틈이 날 때 즐기던 놀이에서 시작되었다고 전해집니다. 그러다가 그 규모가 점점 커져서 여러 마을 사람들이 한데 모여 소싸움을 벌이기 시작했고, 이긴 쪽이 자기 마을의 힘을 과시하기도 했지요. 주로 추석에 즐기던 놀이였는데, 일제 강점기에는 우리 민족이 하나로 뭉치는 것을 막으려고 소싸움을 못 하게 했다고 하네요. 그래도 조심스럽게 그 맥을 이어 오다가 해방이 된 다음에 다시 살아나, 1970년대부터는 민속놀이로 자리를 잡았지요. 지금도 청도, 진주, 의령 등지에서는 매년 소싸움 축제를 크게 열고 있답니다.

어때요, 닭싸움이나 소싸움 대회가 열린다면 한번 구경 가 보고 싶지 않나요?

닭이 고추장을 먹으면 힘이 세지나요?

> 쌈닭에게 고추장을 먹이면 병든 황소가 살모사를 먹고 용을 쓰는 것처럼 기운이 뻗친다 한다. 장독에서 고추장 한 접시를 떠서 닭 주둥아리께로 들이밀고 먹여 보았다.

이 소설에는 유난히 닭싸움 이야기가 많이 나와요. '나'는 힘이 센 점순이네 닭을 이기려고 자기네 닭한테 고추장을 먹입니다. 그랬더니 당하기만 하던 '나'의 닭이 기운을 내어 점순이네 닭을 쪼기 시작하지요. 닭이 고추장을 먹으면 정말 힘이 세질까요?

시골에 계시는 어른들께 여쭈어 보면, 옛날부터 닭싸움을 시킬 때 닭에게 고추장을 억지로 먹이기도 했다고 해요. 닭이 고추장을 먹으면 기운이 세지고 약이 바짝 올라서 더 사납게 싸운다고 생각했기 때문이랍니다.

닭싸움은 조선 시대에도 있었는데, 닭싸움을 시킬 때 고추장을 먹였다는 기록도 있어요. 조선 영조 때 학자인 정범조가 지은 《해좌집》에 "닭싸움을 시키기 1년 전부터 뼈대가 굵은 놈을 골라 근육을 튼튼히 키우고 고추장과 미꾸라지를 먹여 성질이 사납도록 길렀다."라는 내용이 나와 있답니다.

> ### '닭싸움'에 대한 기록
>
> • 사마천의 《사기》
> "계씨와 후씨가 닭싸움을 붙였다. 계씨는 닭의 날개에 겨잣가루를 뿌렸고, 후씨는 발톱에 쇠갈고리를 끼웠다."
>
> • 이규보의 《동국이상국집》
> 〈봄날에 협객과 노니면서〉라는 시에 '투계'라는 말이 나와요.
>
> • 고전 소설 〈춘향전〉
> 이 도령이 춘향이를 찾는 장면에 '투계 소년'이라는 말이 나와요. '투계 소년'은 '닭싸움을 붙이는 소년'을 말해요.

아마 아주 오래전부터 닭싸움을 시키기 전에 고추장을 먹였나 봐요. 그렇지만 그 효과가 과학적으로 밝혀지지는 않았어요.

하지만 매운 고추장이 들어간 음식을 먹고 나서 얼굴이 화끈 달아오르고 땀이 나 본 사람이라면, 고추장을 먹인 닭이 열이 나고 흥분을 하게 되어 더 사납게 싸우게 된다는 것을 이해할 수도 있을 거예요.

사실 고추장의 매운맛은 '맛'이 아니라 혀를 자극할 때 느껴지는 아픈 듯한 감각이에요. 우리 몸에서는 그 감각을 처리하기 위해 아드레날린이라는 물질이 나오는데, 이것이 산소와 포도당을 근육과 뇌에 보내 주어 에너지를 만드는 데 도움을 주기도 해요. 닭이 힘을 쓸 때에도 아드레날린이 한몫하는 게 아닐까요?

'나'는 어쩌다 점순이네 마을에서 살게 되었나요?

우리가 이 동리에 들어온 것은 근 삼 년째 되어 오지만 여지껏 가무잡잡한 점순이의 얼굴이 이렇게까지 홍당무처럼 새빨개진 법이 없었다. …… 우리가 이 마을에 처음 들어와 집이 없어서 곤란으로 지낼 제 집터를 빌리고 그 위에 집을 또 짓도록 마련해 준 것도 점순네의 호의였다.

소설을 잘 읽어 보면, '우리 집'은 이 마을 토박이가 아니에요. "우리가 이 마을에 처음 들어와 집이 없어서 곤란으로" 지냈다는 내용이 있죠? 요즘에는 이러저러한 이유로 이사를 많이 다니지만 옛날에는 보통 조상 대대로 한곳에 터를 잡고 농사를 지으며 살았어요. 그런데 왜 '나'의 가족은 고향을 떠나 점순이네 마을에 들어와 살게 되었을

까요? 더구나 처음 이 마을에 들어왔을 때에는 집도 없고, 먹고살 방법도 없었던 것 같은데 말이죠.

소설에는 그 까닭이 나와 있지 않습니다. 하지만 이 소설의 시대적 배경이 1930년대라는 것을 생각해 보면, 그 까닭을 짐작할 수 있어요. 1930년대에는 일제의 토지 정책 때문에 많은 농민이 토지를 잃고 떠돌아다니거나, 소작농이 되어 남의 땅에서 농사를 짓고 살았답니다. 아마 '나'의 가족도 농사짓던 땅을 잃고 떠돌아다니다 우연히 이 마을에 정착하게 된 것 같아요.

이 소설뿐만 아니라 〈만무방〉이나 〈소낙비〉 같은 김유정의 다른 소설에도 이런 처지의 농민들 이야기가 나온답니다. 〈만무방〉에서는 '응칠이'가 나름대로 열심히 궁리를 하며 농사를 지었지만 빚만 늘어서 밤에 식구들과 도망을 가게 돼요. 〈소낙비〉에서는 '춘호'가 빚쟁이들 때문에 고향을 떠나 살길을 찾아보려 하지만 쉽지 않지요.

'나'의 가족이 흘러 들어온 강원도는 그래도 우리 땅이지만, 어떤 사람들은 먹고살 길을 찾아 만주나 간도로 떠나기도 했답니다.

고향을 떠나야만 했던 비참한 상황은 소설뿐만 아니라 시에도 잘 나타나요.

그가 아홉 살 되던 해
사냥개 꿩을 쫓아다니던 겨울
이 집에 살던 일곱 식솔이
어디론지 사라지고 이튿날 아침
북쪽을 향한 발자국만 눈 위에 떨고 있었다.

더러는 오랑캐령 쪽으로 갔으리라고
더러는 아라사로 갔으리라고
이웃 늙은이들은
모두 무서운 곳을 짚었다.

지금은 아무도 살지 않는 집
마을서 흉집이라고 꺼리는 낡은 집
제철마다 먹음직한 열매
탐스럽게 열던 살구
살구나무도 글거리만 남았길래
꽃 피는 철이 와도 가도 뒤울 안에
꿀벌 하나 날아들지 않는다.

— 이용악, 〈낡은 집〉에서

김유정의 작품에 나타난 농민들의 비참한 삶

〈만무방〉에서

응칠이가 본시 역마 직성이냐 하면 그런 것도 아니다. 그도 5년 전에는 사랑하는 아내가 있었고 아들이 있었고 집도 있었고, 그때야 어딜 하루라도 집을 떨어져 보았으랴. 밤마다 아내와 마주 앉으면 어찌하면 이 살림이 좀 늘어 볼까 불어 볼까, 애간장을 태우며 갖은 궁리를 되하고 되하였다마는, 별 뾰족한 수는 없었다. 농사는 열심으로 하는 것 같은데 알고 보면 남는 건 겨우 남의 빚뿐. 이러다가는 결말엔 봉변을 면치 못할 것이다. 하루는 밤이 깊어서 코를 골며 자는 아내를 깨웠다. 밖에 나가 우리의 세간이 몇 개나 되는지 세어 보라 하였다. 그리고 저는 벼루에 먹을 갈아 찍어 들었다. 벽에 바른 신문지 위에다 아내가 불러 주는 물목대로 일일이 내려 적었다. 독이 세 개, 호미가 둘, 낫이 하나로부터 밥사발, 젓가락, 짚이 석 단까지. 그 다음에는 제가 빚을 얻어 온 데, 그 사람들의 이름을 쭉 적어 놓았다. 금액은 제각기 그 아래다 달아 놓고, 그 옆으론 조금 사이를 떼어 역시 조선문으로, '나의 소유는 이것밖에 없노라. 나는 54원을 갚을 길이 없으매 죄진 몸이라 도망하니 그대들은 아예 싸울 게 아니겠고 서로 의논하여 억울치 않도록 분배하여 가기 바라노라.' 하는 의미의 성명서를 벽에 남기고 나서 안으로 문을 걸어 닫고 울타리 밑구멍으로 세 식구가 빠져나왔다.

〈소낙비〉에서

춘호는 아직도 분이 못 풀리어 뿌루퉁하니 홀로 앉았다. 그는 자기의 고향인 인제를 등진 지 벌써 삼 년이 되었다. 해를 이어 흉작에 농작물은 말 못 되고 따라 빚쟁이들의 위협과 악다구니는 날로 심하였다. 마침내 하릴없이 집 세간살이를 그대로 내버리고 알몸으로 밤도주하였던 것이다. 살기 좋은 곳을 찾는다고 나어린 아내의 손목을 이끌고 이 산 저 산을 넘어 표랑하였다. 그러나 우정 찾아든 곳이 고작 이 마을이나 산속은 역시 일반이다. 어느 산골엘 가 호미를 잡아 보아도 정은 조그만치도 안 붙었고, 거기에는 오직 쌀쌀한 불안과 굶주림이 품을 벌려 그를 맞을 뿐이었다. 터무니없다 하여 농토를 안 준다. 일 구멍이 없으매 품을 못 판다. 밥이 없다.

깊게 읽기 47

점순이와 '나'는 어린데 왜 결혼 이야기까지 하나요?

소설에서 '나'와 점순이는 열일곱 살이에요. 그런데 점순이는 나물을 캐고, 솜을 트고, 바느질을 합니다. '나'는 집 울타리를 엮거나 두엄을 져 내고, 산에서 나무를 해 오는 일을 하지요. 게다가 동네 어른들은 열일곱 살 점순이한테 "너 얼른 시집을 가야지?"라고 말하기도 해요. 열일곱 살인데 집안일에 농사일까지 하다니, 더구나 결혼이라니…….

먼저 점순이와 '나'는 열일곱 살 나이에 왜 일을 하고 있는지 알아볼까요?

오늘날 열일곱 살 학생들에게 가장 큰 일은 학교를 다니며 공부하

1930년대 열일곱 살이면 어른이었어

는 일이지만, 1930년대 강원도 산골에 사는 점순이와 '나'는 학교에 다니고 싶어도 다니지 못했을 겁니다. 그 당시에 산골에는 학교가 거의 없었기 때문이지요. '나'와 점순이 같은 시골 아이들에겐 산과 들, 논과 밭이 학교이고, 집안일이나 농사일을 돕는 것이 가장 큰 공부였을 겁니다. 소설의 배경이 되는 실레 마을에서 김유정이 '금병의숙'이라는 야학을 하기도 했다는데, 그곳에서 '나'와 점순이가 가끔 만나기도 하고 공부도 했을까요?

그럼 결혼은 어땠을까요? 결혼을 한다는 건 어른이 된다는 건데, 예전에는 열일곱 살쯤 되면 어른 대접을 해 주었던 걸까요?

그래요. 예전에는 그 정도 나이가 되면 어른 대접을 했다고 합니다. 양반가에서는 남녀 모두 열다섯 살 정도가 되면 결혼을 했지요. 혼례가 정해지면 남자는 뒤로 땋아 내렸던 머리를 틀어 올려 상투를 만들고 갓을 씌워 주는 관례, 여자는 머리에 쪽을 찌어 비녀를 꽂아 주는 계례를 올렸어요. 일종의 성인식이지요. 혼인을 하지 않더라도 남자는 스무 살, 여자는 열다섯 살이 되면 관례나 계례를 올리고 어른 대접을 해 주었어요.

나이가 차거나 결혼을 하면 어른 대접을 해 준 양반가와는 달리 서민들은 농사를 짓고 한 집안을 꾸릴 만한 힘이 생기면 어른 대접을 해 주었답니다. 농사를 지으려면 지게를 진다거나 논밭을 가는 등 육체적 힘을 필요로 하는 일이 많았기 때문이지요. 그래서 남자아이들은 동네 정자나 당산나무 아래에 '들돌'이라고 하는 커다란 돌을 두  고 어릴 때부터 그 돌을 들면서 힘을 길렀어요. 그러다가 정월대보름 같은 날 마을에 큰 잔치가 열리면 들돌을 들어 올리는 행사를 치렀답니다. 무거운 들돌을 들어 올리면 장정으로 인정을 받고 어른 품삯을 받았지요. 들돌 무게는 약 90킬로그램 정도 되었다고 해요.

그러니까 당시 아이들은 '나'와 점순이처럼 어릴 때부터 일을 하기 시작하여 적절한 나이가 되고 힘이 생기면 어른으로 대접을 받았던 겁니다. 어른이 되어 혼자 자립할 수 있으면 당연히 결혼도 했겠지요.

통계청이 발표한 광복 이전 통계 자료를 보면 1934년에서 1943년 사이에 결혼한 여성들 가운데 열다섯 살부터 열아홉 살까지가 73퍼센트를 차지했다고 합니다. 그러니 이 나이가 지나면 노총각, 노처녀라고 놀림을 받았겠지요.

자, 이제 열일곱 살인 점순이와 '나'는 일을 하거나 결혼을 하기에 결코 어린 나이가 아니라는 걸 알았을 거예요. 만약 여러분이 1930년대에 태어났더라면 지금쯤 무엇을 하고 있을지 상상해 봐도 재미있겠네요.

남녀 결혼 이야기

남자와 여자가 결혼하기에 가장 알맞은 나이는 몇 살일까요? 연구 결과에 따르면, 남녀 모두 생물학적으로 가장 건강하고 아름다운 나이가 16~22세라고 해요. 세계 여러 나라 결혼 가능 연령도 이와 비슷하네요.

	노르웨이	타이완	독일	러시아	멕시코	미국	스웨덴	스페인	영국	이탈리아	중국	태국	프랑스	필리핀	한국
남 (세)	18	18	18	18	18	16	18	18	16	18	22	20	18	18	18
여 (세)	18	18	16	18	18	16	18	18	16	18	20	20	18	18	18

역사상 유명한 사람들이 결혼한 나이를 살펴봐도 이와 비슷한 나이임을 알 수 있어요. 석가모니는 16세, 공자는 19세, 이슬람교를 창시한 마호메트는 조금 늦은 25세에 결혼했다고 합니다.

소설에서도 이런 예를 찾아볼 수 있어요. 〈춘향전〉에서 성춘향과 이몽룡이 만나 뜨거운 사랑을 나눌 때가 16세이고, 죽음으로 끝나는 비극적인 사랑의 주인공 로미오와 줄리엣의 나이도 15~16세 정도예요.

우리 역사 기록을 보면, 고려 후기에 원나라 요구로 젊은 여자를 바치던 제도 때문에 조혼(일찍 결혼하는 풍습)이 널리 퍼지면서 평균 결혼 연령이 남자는 18세, 여자는 13.9세까지 내려갔어요. 조선 시대에는 이러한 풍습을 없애기 위해 법으로 결혼 연령을 남자 15세, 여자 14세 이상으로 정하기도 했습니다. 하지만 사대부 집안에서는 조혼이 이어졌다고 해요. 조선 시대 유교 윤리가 널리 보급되면서 조상 제사를 받들 후손을 빨리 얻고 대가족을 구성하기 위해서였지요. 이러한 풍습은 근대 교육 제도와 가장의 경제적 자립 등이 중요시되면서 점차 사라지게 되었어요.

점순이는 왜 감자를 주었나요?

게다가 조금 뒤에는 제 집께를 할금할금 돌아다보더니 행주치마의 속
으로 꼈던 바른손을 뽑아서 나의 턱밑으로 불쑥 내미는 것이다. 언제
구웠는지 아직도 더운 김이 홱 끼치는 굵은 감자 세 개가 손에 뿌듯
이 쥐였다.

이 소설은 '감자 사건'으로 이야기가 시작돼요. 점순이는 감자 사건 때
문에 닭싸움을 시키고, 욕도 하고, 눈물도 흘리지요. 그런데 점순이는
왜 '나'에게 감자를 주었을까요? 소설 속에 묘사되는 점순이의 행동을
자세히 살펴보면 그 답을 알 수 있을 거예요.
  누군가를 좋아하게 되면 여러분은 어떻게 하나요? 괜히 그 사람에
게 관심이 가서 주변을 맴돌게 되지요. 점순이가 일을 하는 '나'의 주
위에서 쓸데없는 말을 자꾸 늘어놓는 것처럼 말이에요. 그리고 선물
을 주며 자신의 마음을 표현하고 싶어 합니다. 좋아하는 사람에게 무
언가를 주고 싶은 게 사람 마음이니까요. 그래서 점순이는 '나'에게 감
자를 주었을 거예요.
  그런데 겨우 세 개냐고요? 요즘 아이들은 좋아하는 사람이 감자를
선물로 주면 몹시 실망하거나 자기를 놀린다고 생각할 거예요. 하지

깊게 읽기 53

만 1930년대 산골 마을에서는 먹을 게 정말 귀했어요. 특히나 봄에는 많은 사람들이 굶주렸지요. 가을에 추수한 쌀은 다 떨어지고 보리는 6월이 되어야 수확할 수 있었거든요. 점순이네는 그래도 마름 집이라 형편이 좀 나았기 때문에 저장해 둔 감자가 남아 있었지만, 대부분의 소작농들은 쑥을 뜯어다가 보릿가루를 버무려 쪄 먹거나 소나무 껍질을 벗겨 먹으며 겨우 살아갔답니다. '나'의 집도 이와 같은 처지였지요. 그러니 '나'에게 겨우내 저장해 뒀다가 먹는 봄감자가 얼마나 맛있는 음식이었겠어요? 더구나 '나'는 돌이라도 소화시킬 수 있는 열일곱 살 사내잖아요. 그러니까 점순이가 건네준 굵은 감자 세 개는 지금의 피자나 치킨과는 비할 바가 아닌 귀한 먹거리이자 값진 선물이라고 할 수 있습니다.

시대별 간식거리

일제 강점기에는 일본 과자집이 들어와 생과자와 찹쌀떡을 팔았지만, 값이 비싸 널리 퍼지지는 못했어요. 대신 엿장수가 동네를 돌아다니며 파는 엿이 인기가 많았죠. 돈이 없어도 헌 고무신이나 빈 병 등과 바꾸어 먹을 수 있었기 때문이에요. 국화꽃 무늬의 철판에 밀가루와 단팥을 넣고 구운 국화빵과 중국인이 파는 호떡도 이때에 처음 등장했어요. 요즘에는 풀빵이나 호떡을 쉽게 사 먹을 수 있지만, 당시로서는 고급 간식이었답니다. 겨울철에는 야참 장수들이 네모진 모판에 메밀묵, 찹쌀떡 등을 담아 한쪽 어깨에 메고 다니면서 팔았어요. 그리고 당시 시골 아이들에겐 감자나 고구마, 옥수수, 쑥버무리, 개떡 등이 좋은 간식거리였지요.

1950년대에는 캐러멜, 사탕, 웨하스, 양갱 같은 제품들이 나오기 시작하고, 1970년대에는 스낵 과자가 등장하여 선풍적인 인기를 끌면서 아이들의 간식으로 자리 잡게 됩니다. 그리고 가게마다 냉장 시설이 갖추어지면서, 그 전엔 통을 메고 다니며 팔던 아이스께끼 대신 아이스크림을 사 먹을 수 있게 되었지요. 또한 지금까지 인기를 끌고 있는 떡볶이, 어묵 등도 이 시절에 즐겨 먹었던 간식이었어요.

1980년대 중반부터는 식생활이 서구화되면서 햄버거, 피자, 치킨 등 패스트푸드 체인점이 들어서게 되었어요. 그러다 보니 비만 아동이 급격히 늘어나는 부작용도 나타나고 있지요. 그 어느 때보다 먹을 것과 간식거리가 풍부한 지금, 그래도 여러분이 친구들과 부담 없이 즐길 수 있는 간식이라면 역시 예전부터 꾸준히 사랑받아 온 떡볶이 같은 길거리 음식이 아닐까요?

깊게 읽기

'나'는 왜 감자를 받지 않았나요?

"느 집엔 이거 없지?"

하고 생색 있는 큰소리를 하고는 제가 준 것을 남이 알면은 큰일 날 테니 얼른 먹어 버리란다. 그리고 또 하는 소리가,

"너 봄감자가 맛있단다."

"난 감자 안 먹는다. 니나 먹어라."

나는 고개도 돌리랴지 않고 일하던 손으로 그 감자를 도로 어깨 너머로 쑥 밀어 버렸다.

점순이가 준 감자를 '나'가 받아 먹었다면 닭싸움과 같은 갈등은 일어나지 않았을지도 모릅니다. 그렇다면 왜 '나'는 감자를 받지 않았을까요? 소설 속 주인공에게 직접 속 시원한 답변을 들어 보도록 하겠습니다.

 왜 점순이가 준 감자를 받지 않았나요? 그 시절에 봄감자는 무척 귀하고 맛있었다던데요.

그건 점순이 고 계집애가 내 자존심을 건드렸기 때문이죠. 주려면 그냥 줄 것이지 치사하게 "느 집엔 이거 없지?" 이렇게 말할 건 뭔가요? 우리 집이 가난하다고 놀리는 것 같아서 아무리 배가 고파도 먹기가 싫더라고요. 안 그래도 우리 어머니가 점순이랑 가까이 지내지 말라고 신신당부하신 것도 있고 해서, 그냥 안 먹는다고 해 버렸죠.

어머니가 점순이랑 가까이 지내지 말라고 하신 건 점순이가 마름 집 딸이기 때문인가요?

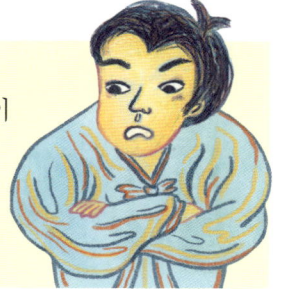
그런 것도 있고요, 점순이나 나나 결혼할 나이가 다 되었는데 다 큰 남녀가 어울려 다니는 게 남 보기도 좀 그렇잖아요.

물론 자존심은 좀 상했겠지만 점순이 성격이 원래 좀 괄괄해서 그런 건데 너무 경솔하게 행동한 건 아닌가요? 그 귀한 감자를 주는 점순이 마음도 생각해 봤어야죠. 혹시 점순이가 나를 좋아하는 건 아닐까, 그런 생각은 안 들던가요?

사실 점순이가 그렇게 인정 많은 애가 아닌데 왜 감자를 주는지 좀 이상하긴 했어요. 제가 좀 어리바리하고 눈치가 없거든요. 그래서 점순이가 나를 좋아한다고는 꿈에도 생각하지 못했어요. 지금 생각해 보면 좀 미안하네요.

 그럼, 이 자리를 빌려서 점순이에게 한마디 해 주시죠.

그럴까요. 야, 나는 그때 네가 날 좋아하는 줄 정말 몰랐다. 난 그때까지 누군가를 좋아해 본 적이 없어서 네 행동이 잘 이해가 안 되더라고. 남자들이 여자들보다 이성에 좀 늦게 눈을 뜨잖아. 그래도 나중에는 우리가 화해해서 다행이야. 특히……, 내가 너희 닭 때려죽인 거 덮어 줘서 정말 고마웠어.

 네, 오늘 주인공의 솔직한 답변을 듣고 나니 왜 감자를 받지 않았는지 이해가 됩니다. 두 사람이 앞으로는 싸우지 않고 잘 지내기 바랍니다. 오늘 말씀 고맙습니다.

점순이는 왜 욕을 했나요?

나의 등 뒤를 향하여 나에게만 들릴 듯 말 듯한 음성으로,
"이 바보 녀석아!"
"얘! 너 배냇병신이지?"
그만도 좋으련만,
"얘! 너 느 아버지가 고자라지?"

자신의 마음을 몰라주는 '나'에게 화가 난 점순이는 욕을 했어요. 다른 욕들도 있었을 텐데, 왜 하필이면 이런 욕을 했을까요? 그 까닭을 알려면 먼저 이 말들이 무슨 뜻인지 알아야겠죠? 이 말들을 국어사전에서 찾아보면 다음과 같이 나와 있습니다.

고자(명사) 생식기가 완전하지 못한 남자.
배냇병신(명사) 날 때부터 몸이 성하지 않은 사람.

'나'에게 주려고 김이 무럭무럭 나는 감자를 들고 갈 때 점순이는 어떤 마음이었을까요? 마름 집 딸인 데다 인물도 걱실걱실하니 잘생긴 점순이는 당연히 '나'가 감자를 받을 것이고 그러면서 자신의 마음도 알아주리라 기대했을 겁니다. 그러고 나면 둘 사이가 차츰 가까워질

것이고……. 그런데 뜻밖에도 '나'는 감자를 거절했어요. 점순이는 눈물이 날 만큼 화가 나고 속상했겠죠. 그러니 어떻게든 '나'를 괴롭히고 싶었을 겁니다. 그래서 '나'의 집 닭을 괴롭히고 '나'에게 욕도 한 것이죠.

여러분도 속상하면 욕을 하나요? 욕하는 게 나쁘다고 하지만, 그래도 화가 날 때 욕을 하고 나면 속이 좀 시원해지기도 하지요. 황순원이 쓴 소설 〈소나기〉에서도 말 걸어 주기를 바라는 소녀의 마음을 몰라주고 소년이 개울가에 멍하니 앉아 있자, 소녀가 소년에게 '바보'라고 말하며 조약돌을 던져요. 가까이 다가와 말을 걸어 주어야 하는데 바보같이 개울가에 앉아 있는 소극적인 소년을 탓하는 행동이었지요. 〈소나기〉에서 소녀가 한 말은 그래도 좀 귀여운 느낌이 들지만, 점순이와 '나' 사이에선 좀 더 심한 말이 오갔네요.

점순이 이야기로 돌아가 볼까요? 점순이는 정상적인 남자라면 자신의 마음을 거절할 리가 없다고 생각했을 겁니다. 그래서 '내 마음을 알아주지 않는 너는 남자로서 모자라는 점이 있는 아이거나, 태어날

이런 망할 자식!
빌어먹을 놈!
벼락 맞을 놈!
나가 뒈져라!!

때부터 비정상적인 아이다.'라는 뜻으로 '바보'나 '배냇병신' 같은 욕을 했겠죠. 이런 욕을 들으면 건장한 남자인 '나'는 당연히 속이 상할 겁니다.

그리고 '고자'라는 말은 남자한테 매우 모욕적인 말이에요. 이런 심한 말을 골라 함으로써 점순이는 최대한 '나'의 마음을 상하게 하고 싶었을 겁니다. 그것도 본인이 아닌 아버지를 들먹이며……. 자기가 욕먹는 것도 속상한데 아버지까지 들먹여 심한 욕을 했으니, 듣는 '나'는 속이 얼마나 상했겠습니까.

'나'는 이런 말들을 듣는 순간 열벙거지가 나고, 욕을 먹고도 대꾸 한마디 못해 눈물까지 불끈 내솟았어요. '나'를 속상하게 하려는 점순이의 작전은 대성공입니다. 하지만 이렇게 욕을 해도 '나'가 여전히 눈치를 차리지 못하고 있으니 점순이는 얼마나 답답했을까요. 마음은 상하게 했지만, 욕을 해서라도 자신의 마음을 알리고 싶었던 뜻은 이루지 못했으니, 점순이의 욕하기 작전은 절반만 성공한 셈인가요?

점순이는 왜 닭을 괴롭히나요?

점순이가 봄감자를 주면서 자신의 마음을 어렵게 표현했지만, 눈치 없는 '나'는 그런 마음을 몰라줍니다. '나'에게 거절당한 점순이는 좀 창피하기도 하고 속상하기도 했겠죠. 그렇다고 '나'에게 좋아한다고 직접 말하는 것은 쑥스럽고 자존심이 상하는 일이에요. 마음을 몰라줘서 속상하다고 다짜고짜 '나'를 두들겨 팰 수도 없고……. 하지만 그냥 참고 있을 수는 없지요. 어떻게든 점순이는 '나'에게 분풀이를 하고 싶었을 겁니다.

화가 나서 씩씩거리는 점순이의 눈에 닭이 보입니다.

요즈음은 소나 돼지를 대량으로 기르기도 하고 또 냉동 기술이 발달해서 오래 저장해 둘 수도 있기 때문에 고기를 쉽게 먹을 수 있어요. 하지만 예전에는 고기가 아주 귀했답니다. 명절이나 동네에 잔치가 있을 때 온 동네 사람이 함께 어울려 소나 돼지를 잡아 고기를 나누어 먹었지요. 물론 그런 일은 일 년에 두어 번이었답니다.

그러면 옛날 농촌의 주된 단백질 공급원은 무엇이었을까요? 바로 닭이었습니다. 닭은 키우기도 쉬울 뿐 아니라 집안에 일이 있거나 손님이 올 때 대접하기도 좋고, 평상시 달걀도 먹을 수 있었어요. 그래서 집집마다 닭을 길렀습니다. 그러니 닭은 흔하면서도 단백질을 공급해 주는 소중한 가축이었지요. 가난한 '나'의 집에서도 닭은 매우 소중한 존재였을 겁니다. 닭을 키우는 일은 '나'의 집에서 '나'가 해야 하는 중요한 일이었을 테고요.

  그래서 점순이는 자기 집 닭과 '나'의 집 닭을 싸우게 한 겁니다. 거친 자기 집 닭이 '나'의 닭을 통쾌하게 이기는 모습을 보면서 속이 후련했겠지요. 더구나 이 사실을 알면 얄미운 '나'가 얼마나 속이 상할까, 상상만 해도 즐거운 일입니다. 그러니까 점순이는 닭싸움을 통해 자신의 마음을 몰라주는 '나'에 대한 야속함을 간접적으로 표현하고, 계속해서 '나'의 관심을 끌려는 목적이 있었던 겁니다.

  그런 점순이의 의도는 멋지게 성공했습니다. 닭싸움 때문에 '나'는 계속 점순이에게 신경을 쓰게 되었고, 결국 '나'와 점순이는 가까워지게 되었으니까요.

**또래
생각
엿보기**

점순이 또래 학생 685명에게 물었습니다.

점순이는 '나'에 대한 마음을 '봄감자'를 주면서 표현하려 했습니다. 여러분이라면 좋아하는 사람에게 어떻게 마음을 표현하겠습니까?

방법	응답자(명)	비율(%)
① 주위를 맴돌면서 차츰 나의 존재를 알린다.	142	20.7
② 직접 말로 고백한다.	122	17.8
③ 선물을 준다.	101	14.7
④ 문자로 마음을 고백한다.	91	13.3
⑤ 행동으로 보여 준다. (피아노 쳐 주기, 그림 그려 주기, 챙겨 주기)	63	9.2
⑥ 기타	59	8.6
⑦ 표현하지 못하고 그냥 지켜본다.	49	7.2
⑧ 편지를 쓴다.	41	6.0
⑨ 친구의 힘을 빌린다.	17	2.5

실제 답변들
- 그 사람이 먼저 고백할 때까지 좋은 모습을 보여 주려고 애쓴다.
- 커플 손목시계를 준비해서 시계를 채워 주며 "이 시간부터는 나와 함께하는 시간이야."라고 하면서 내 마음을 표현한다.
- 8단 도시락을 싼다거나 직접 만든 케이크를 선물해서 진심을 표현한다.
- 그 아이가 자주 가는 장소를 알아내어 매일 출석한다.
- 내가 신고 다니던 신발을 보낸다. 거기에 '니가 내 마음을 받아 준다면 신발을 돌려줘.'라고 적은 편지도 함께 넣는다.
- 놀이동산에 놀러 가자고 한 뒤, 관람차에서 고백한다.

- "어디서 냄새 안 나요? 내 마음이 불타고 있어요."라고 말한다.
- 모르는 문제가 있다고 접근한다. 문제를 다 묻고 나서 앞으로도 모르는 문제를 가르쳐 주는 너 같은 사람이 있으면 좋겠다고 말한다.

상대에게 호감을 표현했는데 거절당했다면 어떻게 할까요?

방법	응답자(명)	비율(%)
① 장난처럼 넘어간다.	216	31.5
② 깨끗하게 보내 준다.	169	24.7
③ 여러 가지 방법으로 복수한다.	138	20.2
④ 보내고 매우 슬퍼한다.	98	14.3
⑤ 기타	64	9.3

실제 답변들
- '야! 그걸 믿냐? 당연히 장난이었지.' 이런 식으로 문자 메시지를 보낸다. 혹시 남자 쪽에서 눈치챌 수도 있으니 바로 다른 남자아이들에게도 장난처럼 문자 메시지를 보낸다.
- 복수한다. '그 아이가 다니는 길에 함정을 판다. 학교 책상을 없애 버린다. 실내화를 버린다. 교과서를 훔쳐서 버린다. 체육 시간에 교복에 낙서한다……' 라고 계획을 세워 놓고 며칠 뒤 까먹고 학교 잘 다닌다.
- 다른 사람을 찾는다. 혼자 힘들게 그 한 사람한테 끙끙거릴 필요 없다.
- 목각 인형 들고 저주를 퍼붓는다.
- "훗, 장난이었거든. 쯧쯧 김칫국 먹기는……." 하며 대충 얼버무린다.
- 상대가 완전 호감이었는데 거절당하면 기다린다고 하고, 완전 호감이 아니면 쿨하게 보내 준다.
- 그냥 알겠다고 하고, 다른 장소에 가서 실컷 운다.

점순이는 왜 '나'의 어깨를 짚고 쓰러졌나요?

"닭 죽은 건 염려 마라. 내 안 이를 테니."
그리고 뭣에 떠다밀렸는지 나의 어깨를 짚은 채 그대로 퍽 쓰러진다. 그 바람에 나의 몸뚱이도 겹쳐서 쓰러지며, 한창 피어 퍼드러진 노란 동백꽃 속으로 폭 파묻혀 버렸다. 알싸한 그리고 향긋한 그 내음새에 나는 땅이 꺼지는 듯이 온 정신이 고만 아찔하였다.
"너 말 말아!"
"그래!"

 점순이가 넘어진 상황을 잘 살펴보세요. '나'가 점순이네 닭을 죽여서 매우 곤란한 상황일 때, 점순이는 '나'를 달래면서 앞으로 그러지 말라고 하고는 쓰러집니다. "뭣에 떠다밀렸는지 나의 어깨를 짚은 채 그대로 퍽 쓰러진다."라고 나와 있어요. 왜 하필 이 순간에 쓰러졌을까요? 어수룩한 '나'가 보기엔 '뭣에 떠다밀린 것'처럼 보일 수도 있겠지요. 하지만 과연 그럴까요?
 만약 점순이가 실수로 넘어진 것이라면, 점순이 성격에 툭툭 털고 일어나지 않았을까요? 특히 어머니가 부를 때 점순이가 깜짝 놀란 것을 보면 그냥 실수로 넘어진 것 같지만은 않아요. 아마도 점순이는 어디에 걸려 넘어진 것이 아니라 '나'에 대한 감정을 마음 놓고 표현한 것으로 보입니다.

소설에서 점순이는 '나'보다 좀 더 조숙하고 적극적인 성격으로 그려져요. 이성에 눈뜬 점순이와 아직은 점순이보다 순진한 '나'. '나'가 점순이의 마음을 몰라주어서 갈등이 생겼지만, 점순이네 닭이 죽는 바람에 '나'는 점순이와 얼떨결에 화해하게 됩니다. 점순이는 자신의 마음을 몰라주던 '나'가 곤란한 상황에 처하게 되자 이제는 자신의 말을 들을 수밖에 없다고 생각하게 되었겠지요. 그래서 마음 놓고 '나'에게 적극적인 애정 표현을 하는 것이랍니다.

쓰러진 점순이와 나에게 무슨 일이 있었을까요? 점순이와 함께 넘어진 뒤 '나'는 알싸하고 향긋한 동백꽃 내음새에 온 정신이 아찔해집니다. 한때는 걱실걱실하고 예쁘다고 생각도 했고, 또 한때는 눈깔이 여우 새끼 같다고 생각도 했지만, 지금 이 순간에는 정신이 그만 아찔해지면서 가슴이 쿵쾅거립니다. 단순히 어디 걸려 넘어졌다가 아무 일 없이 다시 일어났다면 이렇게 알싸한 향기가 느껴졌을 리가 없지요. 그리고 점순이 어머니가 부를 때 어떻게 했나요? 점순이는 겁을 잔뜩 집어먹고 꽃 밑을 살금살금 기어서 산 아래로 내려가고, '나'는 바위를 끼고 엉금엉금 기어서 산 위로 내뺐지요. 넘어진 뒤 아무 일 없었다면 이런 반응을 보였을까요? 처음에는 짜릿하고 좋았겠지만 어머니가 부르는 소리를 듣자, 둘 다 너무 놀라고 당황스러웠을 거예요. 또 좀 쑥스럽기도 하고요.

이런 행동들을 볼 때, 점순이가 '나'의 어깨를 짚고 쓰러진 것이 실수는 아니었던 것 같아요. 그리고 둘이 넘어졌을 때 어떤 일이 있었는지 정확하게 표현되어 있지는 않지만, 아마도 알싸하고 향긋한 일이 이 둘에게 일어났을 거예요. 그러고 보니 '나'의 마음을 얻으려던 점순이 작전은 성공으로 끝이 났네요.

  이처럼 소설에서는 인물의 심리나 상황이 직접적으로 드러나지 않는 경우가 많아요. 독자가 상상할 몫으로 남겨 두는 것이지요. 그래서 구체적으로 묘사되지 않은 장면과 상황, 인물의 심리 등을 자신의 경험이나 인물이 하는 말, 행동 등을 통해 상상하며 읽는 것이 소설 감상의 또 다른 맛입니다.

점순이는 왜 그렇게 적극적인가요?

 소설에 나타난 점순이의 성격에서 그 까닭을 찾을 수 있어요. 점순이는 마을 어른들이 "너 얼른 시집을 가야지?" 하고 놀리면, "염려 마서유. 갈 때 되면 어련히 갈라구!" 하고 천연덕스레 대답해요. 이로 볼 때, 점순이는 별로 부끄럼이 없어 보입니다. 그리고 '나'가 울타리 엮는 데 가서 귀한 봄감자를 건네주며 먼저 말을 거는 걸 보면 매우 적극적이고 활달하지요. 또 감자 사건 이후 닭싸움을 시키거나 '나'의 집 씨암탉을 붙잡아 패 주는 모습 등을 보면 거침없는 면도 있습니다. 점순이가 이런 성격을 가지고 있기 때문에 '나'에게 먼저 말을 건네고 관심을 보인 게 아닐까요?
 청소년기에는 여자가 남자보다 육체적 성장이나 정신적 성숙이 빠른 편이에요. 그래서 이성에 대한 호기심이나 관심도 점순이가 '나'보다 먼저 생겼을 거예요. 그런데 아직 이성에 아무런 감정을 느끼지 못하고 점순이가 보내는 관심을 알아차리지 못하는 '나'는 점순이의 마음을 얼마나 답답하게 만들었을까요? 이러니 답답한 사람이 우물 판다고 적극적인 성격인 점순이가 먼저 말을 걸고 다가설 수밖에 없었겠지요.
 또 다른 까닭은 점순네와 '나'의 집 관계에서 찾을 수 있어요. 점순이네는 마름 집이고, '나'의 집은 그 집에서 땅을 얻어 부치는 소작농이에요. 땅만 얻어 부치는 것이 아니라, 집터를 빌려서 집도 짓고 양식이 떨어지면 꾸어다 먹는 관계지요. 그래서 '나'의 어머니는 "열일곱씩이나 된 것들이 수군수군하고 붙어 다니면 동리의 소문이 사납다고 주의"를 주었을 거예요. "왜냐하면 내가 점순이하고 일을 저질렀다가는 점순네가 노할 것이고, 그러면 우리는 땅도 떨어지고 집도 내쫓기고 하지 않으면 안 되는 까닭"이기 때문입니다.

그러니 '나'는 점순이에게 관심을 보이거나 말을 걸 수 없었을 겁니다. 이런 '나'에 비해 마름 집 딸인 점순이는 적극적으로 '나'에게 말을 걸 수 있었을 거고요.

점순이가 적극적인 까닭은 작가의 생애와도 관련이 있어요. 어린 시절에 돌아가셨지만 강건한 모습으로 기억되는 어머니, 어려운 시절에 도움을 받았던 누이, 집안 재산을 탕진한 형 대신 생계를 꾸려 가던

형수, 그리고 고향 실레 마을에서 만난 생활력 강하고 발랄하게 살아가던 여성들, 그들이 바로 김유정이 살아가며 만난 여성들입니다. 그들과 함께한 경험이 김유정의 소설에 녹아들어 점순이처럼 생활력 강하고 적극적인 여성을 만들어 내게 된 것이죠.

그래서 김유정의 다른 작품에서도 활달하고 적극적인 성격을 가진 여성이 자주 나옵니다. 예를 들어 〈봄봄〉에 나오는 점순이는 어수룩한 '나'를 부추겨 장인이 될 사람에게 빨리 결혼시켜 달라고 떼를 쓰게 하는 등 적극적이고 활달한 모습을 보여요. 또 〈산골 나그네〉나 〈소낙비〉에도 집안의 생계를 책임지는 적극적인 여성들이 등장하지요.

'나'의 마음은 알겠는데, 점순이의 마음은 어땠을까요?

〈동백꽃〉은 '나'가 점순이와 있었던 일을 들려주고 있습니다. 그래서 소설을 읽으면 '나'의 마음은 잘 알겠는데, 점순이의 마음은 어땠을지 궁금해지죠. 점순이의 비밀 일기를 살짝 엿볼까요?

감자는 왜 안 먹는데?

세상에 그런 멍청한 녀석이 어디 있담? 내가 지금까지 저한테 그렇게 눈치를 주었는데 그걸 모르다니 너무 얄밉다.

감자만 해도 그렇다. 뭐 하나라도 주고 싶었던 참에 자기 집에는 감자가 없는 것 같아서 주려고 한 것인데. 그 멍청한 녀석은 내 마음도 모르고……

그냥 받아먹으면 되지 "난 감자 안 먹는다. 니나 먹어라"는 또 뭐야? 저 주려고 가져갔지 나 먹으려고 가져갔나?

다 알면서 튕기는 거야, 진짜 멍청해서 모르는 거야? 정말 너무 자존심 상하고 약이 올랐다. 그 녀석이 볼까 봐 억지로 참았지만 얼굴이 화끈거리고 눈물까지 났다.

어디 두고 보자.

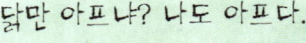
닭만 아프냐? 나도 아프다.

그 멍청한 녀석에게 보란 듯이, 그 녀석을 쥐어박는 마음으로 그 집 암탉의 볼기짝께를 쥐어박았다. 내 마음은 그렇게 모르면서 암탉이 쥐어박히는 것은 속이 상한지 "이놈의 계집애! 남의 닭 알 못 낳으라구 그러니?" 하고 소리를 빽 지른다. 그 소리에 내가 놀랄 줄 알았지? 어림없다. 난 일부러 더 했다. 사실은 미리부터 닭을 잡아 가지고 있다가 그 녀석이 올 때를 기다려서 일부러 그랬는데…….

내게는 어쩌지도 못하면서 제 깐에는 속이 상했는지 지게막대기로 울타리를 후려치고 있었다. 그러든지 말든지 계속 쥐어박았다.

그랬더니 "아 이년아! 남의 닭 아주 죽일 터이냐?" 하고 도끼눈을 뜨고 난리를 친다.

어이가 없어서 닭을 내팽개치고는 "에이 더럽다! 더럽다!" 했더니 그 멍청한 녀석이 "더러운 걸 널더러 입때 끼고 있으랬니?" 한다. 정말 어떻게 그렇게 멍청할 수가 있지?

화가 머리끝까지 나서 "이 바보 녀석아, 너 배냇병신이지?" "느 아버지가 고자라지?" 하고 욕을 해 주었다. 그래도 분이 안 풀린다.

약 오르지?

오늘도 우리 집 수탉을 데리고 나가서 그 녀석네 닭을 아주 혼내 주었다. 약 오르지?

비밀은 동백꽃 향기를 타고

아직도 가슴이 쿵쾅거리고 아찔하다. 우리 둘만의 비밀이 생겼다. 혹시라도 누가 본 건 아니겠지?
제 녀석에게 그렇게 공을 들이고 눈치를 주었는데도 늘 모른 척하더니……. 닭이 죽어서 갑자기 겁이 난 건가? 아니면 저도 내가 싫지는 않았던 걸까? 좀 더 일찍 내 마음을 받아 주었으면 얼마나 좋았겠어. 어쨌거나 이젠 닭싸움 시킬 일은 없어졌다.
동백꽃 향기가 그렇게 알싸하고 향긋한 줄은 오늘 처음 알았다. 꽃 속에 함께 쓰러져 보니 정말 정신이 아득하도록 꽃향기가 진동을 하여 숨이 막힐 지경이었다.

조금 있다 보니 왠지 쑥스러워서 "너 말 말아!" 했다. 그랬더니 선뜻 "그래!"라고 하는데……. 내가 무슨 말을 한 건지 말귀나 알아듣고 대답한 걸까?

엄마가 역정을 내면서 나를 부르는 소리가 들렸을 때 정말 깜짝 놀랐다. 나도 그 녀석도 무어라 한마디 할 겨를도 없이 정신없이 꽃 밑을 살금살금 기었다. 나는 어떻게 내려왔는지도 모르게 집으로 왔는데, 그 녀석도 얼마나 빨리 내뺐는지 금세 보이지 않았다. 제 녀석도 아마 나만큼 놀랐을 거야.

근데 내일 마주치면 (그 녀석이 나를) 어떻게 대할까?

서술자에 대하여

점순이 일기를 읽어 보니 점순이가 왜 그런 행동을 했는지, 그때 마음이 어땠는지 더 잘 이해가 되지요? 이 소설에서 주인공 '나'는 자신의 입장에서 이야기를 이끌어 나가기 때문에 점순이의 마음은 잘 알지 못한 채 자기 생각대로 행동합니다. 이런 행동은 점순이의 마음을 다 알고 있는 독자들에게 웃음과 재미를 주지요.

그런데 만약 점순이의 목소리로 이야기를 들려주었다면 어떻게 되었을까요? 점순이가 왜 그렇게 행동하는지 너무 쉽게 드러나기 때문에, '나'가 이야기를 들려주는 것보다는 아마도 재미가 덜했을 거예요.

〈사랑손님과 어머니〉라는 소설을 읽어 보았나요? 이 소설은 여섯 살짜리 여자아이인 '옥희'가 자신의 눈으로 관찰한 '사랑손님'과 '어머니'의 사랑 이야기를 전하고 있답니다. 옥희는 어린아이기 때문에 어른들은 다 알 만한 사실을 엉뚱하게 해석합니다. 이런 엉뚱한 해석이 독자들에게는 더 신선하고 재미있게 다가오는 것이죠.

이렇게 이야기를 전하는 사람이 누구인가에 따라서 소설의 맛이 달라지기 때문에, 작가는 자신이 하고 싶은 이야기를 가장 잘 전해 줄 수 있는 서술자를 선택하는 거랍니다.

왜 여자 주인공 이름이 '점순이'인가요?

'점순이'라는 이름이 촌스럽게 느껴지나요? 요즘은 이런 이름이 잘 없지만, 그 당시에는 매우 흔한 이름이었어요. 옷차림이나 머리 모양에 유행이 있듯이, 이름도 시대에 따라 다르게 지어지죠. 그 시절에는 여자아이의 이름을 지을 때 발음이나 뜻을 깊이 생각하기보다는 낳을 때 상황이나 생각에 따라 짓곤 했답니다. 외갓집에서 낳았다고 '외숙이', 복을 많이 받으라고 '복녀', 3월에 태어났다고 '삼월이'……, 이렇게 말이죠. 점순이는 아마도 몸 어딘가에 점이 있어서 그렇게 짓지 않았을까요?

　작가는 등장인물의 이름을 지을 때 인물의 성격과 작품의 배경에 어울리는 이름을 짓기 위해 많은 고민을 해요. 예를 들면, 〈봄봄〉이나 〈맹꽁이〉에 나오는 '뭉태'라는 인물은 주인공을 부추기는 행동을 잘

해요. 자기 속마음을 감추고 충동질하기 좋아하는 성격을 우리말로 '의뭉스럽다'고 하는데, 아마도 그런 느낌을 살리려고 '뭉태'라는 이름을 지은 것 같아요. 또 〈따라지〉에서는 도시에 사는 여자 이름을 '영애'처럼 그 당시로 봐서는 세련된 이름이나 '아끼꼬'처럼 이국적인 이름으로 붙여 주었답니다. 〈만무방〉의 주인공 이름은 '응칠'인데 세련되거나 품위 있는 이름은 아닌 것 같지요? 얼핏 들어도 거칠고 무식한 느낌이 들지 않나요? 응칠이는 남의 닭을 함부로 잡아먹고 노름질을 일삼는 염치없고 막돼먹은 인물이에요. 이런 그의 행동과 이름이 잘 어울리지요? 이처럼 '점순이'도 〈동백꽃〉의 향토적인 분위기와 잘 어울리기 때문에 그와 같은 이름을 붙였을 거예요.

 〈동백꽃〉을 지은 김유정은 고향 마을 사람들에게 많은 애착을 가지고 있었어요. 그래서 그들을 작품 속에 등장시키기도 했답니다. 〈동백꽃〉뿐만 아니라 〈봄봄〉의 여주인공 이름도 '점순이'인데, 〈봄봄〉에 나오는 점순이와 점순이 아버지 봉필 영감은 실제로 김유정의 고향 마을에 살았던 인물이라고 하네요.

 그런데 〈동백꽃〉에 '나'의 이름은 나오지 않아요. 여러분이 작가라면 점순이와 어울리는 '나'의 이름을 어떻게 지을 것인지 한번 생각해 보세요.

**시대별
남녀
인기 이름**

시대에 따라 인기 있는 이름이 어떻게 바뀌어 왔는지 살펴볼까요. 혹시 아래 표에 여러분 부모님이나 여러분의 이름, 또는 여러분이 아는 사람의 이름이 있는지 한번 찾아보세요.

순위	1948년생		1958년생		1968년생		1978년생		1988년생		1998년생		2008년생	
	남	여	남	여	남	여	남	여	남	여	남	여	남	여
1	영수	순자	영수	영숙	성호	미경	정훈	지영	지훈	지혜	동현	유진	민준	서연
2	영호	영자	영철	정숙	영수	미숙	성훈	은정	성민	지은	지훈	민지	지훈	민지
3	영식	정순	영호	영희	영호	경희	상훈	미영	현우	수진	성민	수빈	현우	민서
4	영철	정숙	영식	명숙	영철	경숙	성진	현정	정훈	혜진	현우	지원	준서	서현
5	정수	영숙	성수	경숙	정호	영숙	지훈	은주	도현	은지	준호	지현	우진	서윤

최근에는 텔레비전의 영향력이 커지면서, 큰 인기를 얻었던 드라마 주인공 이름으로 아이 이름을 짓기도 해요. 그러고 보니 요즘 10대들이 좋아하는 가수들을 보면 영어 이름으로 활동하는 사람들이 많은데, 이들의 영향으로 앞으로 영어 이름이 유행하게 되는 것은 아니겠죠?

왜 제목이 '동백꽃'인가요?

"그럼 너 이담부텀 안 그럴 테냐?"

하고 물을 때에야 비로소 살 길을 찾은 듯싶었다. 나는 눈물을 우선 씻고 뭘 안 그러는지 명색도 모르건만,

"그래!"

하고 무턱대고 대답하였다.

"요담부터 또 그래 봐라, 내 자꾸 못살게 굴 테니."

"그래 그래, 인젠 안 그럴 테야!"

"닭 죽은 건 염려 마라. 내 안 이를 테니."

그리고 뭣에 떠다밀렸는지 나의 어깨를 짚은 채 그대로 픽 쓰러진다. 그 바람에 나의 몸뚱이도 겹쳐서 쓰러지며, 한창 피어 퍼드러진 노란 동백꽃 속으로 폭 파묻혀 버렸다.

알싸한 그리고 향긋한 그 내음새에 나는 땅이 꺼지는 듯이 온 정신이 고만 아찔하였다.

보통 소설의 제목은 주제나 중심 소재가 될 만한 것으로 정해요. 그런데 이 소설을 읽어 보면 동백꽃은 끝에 한 번 나올 뿐인데, 제목을 '동백꽃'이라고 붙였네요. 왜 그랬을까요?

'동백꽃'이 제목인 걸 보면 동백꽃이 이 소설에서 중요한 것 같기도 하고, 끝에 잠깐 나온 걸 보면 중요하지 않은 것 같기도 하고……

소설 속에서 '동백꽃'이 나오는 부분을 한번 볼까요?

'나'가 다음부터 그러지 말라는 점순이의 말에 "그래!"라고 대답하자 점순이가 '나'의 어깨를 붙잡고 노란 동백꽃 속으로 넘어졌어요. 둘 사이의 갈등이 해소되는 결정적인 장면입니다. 그때 아마도 '나'는 점순이에게 항복하고 말았다는 억울함보다는 갈등이 해결된 데 대한 안도감을 느꼈을 것 같아요.

그리고 또 하나! 넘어진 순간 여우 새끼같이 얄밉기만 했던 점순이에 대해 더 이상 미운 감정은 찾아볼 수 없고 정신이 고만 아찔해져 버렸지요. 혹시 눈치챘나요, 왜 온 정신이 아찔해졌는지? 갈등이 풀리는 그 순간에 '나'는 이성에 눈을 떴던 겁니다. 이성에 막 눈뜬 청춘 남녀 사이에 오가는 짜릿한 감정이 생강나무의 향기처럼 알싸하고도 향긋하다고 작가는 표현하고 싶었던 것이지요.

이성을 좋아해 본 적이 있다면 아마 이 감정을 이해할 수 있을 거예요. 뭐라고 설명하기 힘든, 설레고 짜릿하면서도 아련한 느낌. 알싸한 동백꽃은 바로 '나'와 점순이 사이에 오고 간 알싸하고 짜릿한 감정을 보여 주는 소재예요. 게다가 봄날 산을 아름답게 수놓은 노란 동백꽃의 빛깔 또한 첫사랑의 느낌과 정말 잘 어울립니다.

이 소설의 가장 중요한 이야깃거리는 점순이와 '나' 사이에 오가는 사랑의 감정이에요. 이 사랑의 감정을 시각적으로나 후각적으로나 멋지게 보여 주는 동백꽃! 어때요, 제목이 될 만하지요?

 여러분이라면 이 소설의 제목을 뭐라고 붙여 보고 싶나요? '동백꽃'보다 더 멋진 제목이 없을지 생각해 보세요.

왜 이야기 순서가 뒤죽박죽인가요?

〈동백꽃〉의 사건들을 소설에 나오는 순서대로 정리하면 다음과 같아요.

1. 오소리같이 실팍하게 생긴 점순네 수탉이 덩치 작은 우리 집 수탉과 닭싸움을 하길래 나는 헛매질로 떼어 놓고 산에 나무하러 갔다. 점순이가 내 기를 바짝바짝 올리느라고 쌈을 붙여 놓은 것이다.

2. 이 동네에 들어온 지 근 삼 년이 되도록 본척만척하던 점순이가 나흘 전 내가 울타리 엮는 데 와서 이리저리 말을 걸더니 맛있는 봄감자를 건네주었다. 그러나 나는 점순이가 "느 집엔 이거 없지?" 하고 생색내는 소리에 기분이 상하여 "난 감자 안 먹는다. 니나 먹어라." 하고 거절했다.

3. 다음 날 저녁나절, 산에서 나무를 하고 내려오는데 점순이가 자기 집 봉당에서 우리 집 씨암탉 볼기짝을 패 주고 있었다. 내가 "남의 집 닭 아주 죽일 터이냐?" 하고 호령을 하니 닭을 내팽개치며 나에게 욕을 퍼붓는데 분해서 눈물이 났다.

4. 점순이는 자기 집 수탉을 몰고 와서 우리 수탉과 싸움을 붙인다. 덩치 크고 힘상궂게 생긴 점순네 닭이 항상 우리 수탉을 일방적으로 몰아붙인다. 참다못한 내가 우리 집 수탉에게 고추장을 먹이니 일시적으로 이기는 듯했으나 결국에 또 무참하게 당한다. 싸움에 진 닭에게 억지로 고추장물을 먹이니 축 늘어져서 오늘 아침에서야 겨우 정신이 들었다.

5. 나무를 하러 가서, 분하기도 하고 우리 수탉이 걱정도 되고 해서 부리나케 나무를 하고 내려오는데, 산기슭에서 점순이가 또 닭싸움을 붙여 놓고 있다.

6. 피를 흘리는 우리 수탉을 보고 화가 난 나는 얼결에 점순네 큰 수탉을 단매에 때려죽였다. 그러고 나서 무안하기도 하고 걱정이 되기도 해서 엉 하고 울어 버렸다.

7. 점순이는 나에게 다시는 그러지 않겠다는 다짐을 받더니 닭 죽은 걸 이르지 않겠다고 한다. 그리고 뭣에 떠다밀렸는지 나의 어깨를 짚은 채 한창 피어 흐드러진 노란 동백꽃 속으로 퍽 쓰러진다. 점순어와 동백꽃 속에 푹 파묻힌 나는 알싸하고 향긋한 내음새에 땅이 꺼지는 듯이 정신이 아찔해졌다.

이 사건들을 시간 순서대로 서술한다면 '2-3-4-1-5-6-7'이 되어야겠지요? 즉, 과거에 있었던 이야기인 '2-3-4'가 현재의 시간인 1과 5 사이에 끼어들어 간 것입니다. 작가는 왜 시간 순서대로 서술하지 않고 이렇게 현재와 과거를 뒤섞어 놓은 것일까요?

같은 이야기라도 짜임새에 따라 전혀 다른 느낌을 줄 수 있기 때문에 소설을 쓸 때는 '무엇을 이야기하느냐' 못지않게 '어떻게 이야기하느냐'가 중요해요.

사건이 일어난 시간 순서대로 이야기를 전달할 경우, 독자가 내용을 쉽게 이해할 수는 있겠지만 긴장감이 떨어져서 읽는 재미가 많이 줄어들 겁니다. 다음의 예를 보세요.

(1) 왕이 죽었다. 그리고 얼마 뒤 왕비도 죽었다.
(2) 왕비가 죽었다. 아무도 그 까닭을 몰랐는데, 왕이 죽은 슬픔 때문이라는 것이 나중에 밝혀졌다.

(1)과 (2) 가운데 어느 것이 더 독자가 끝까지 긴장을 놓지 않게 하나요? 당연히 (2)겠지요?

추리 소설을 생각해 보면 이해하기가 더 쉬울 거예요. 추리 소설은 대개 사건이 일어나고 범인을 잡기 위해 과거를 추적해 가는 식으로 이야기가 전개돼요. 그래서 독자는 끝까지 자기 나름대로 범인을 추측해 가며 흥미롭게 소설을 읽지요. 만약 그렇게 하지

않고 범인이 사건을 저지르기 위해 계획을 짜는 것부터 차례로 이야기가 전개된다면 어떨까요? 범인을 다 알고 있기 때문에 독자들이 느끼는 긴박감이나 재미는 훨씬 줄어들 겁니다.

이렇게 사건을 어떻게 배열하는가에 따라 이야기의 효과가 많이 달라지기 때문에 작가들은 시간 순서대로 이야기를 서술하기보다는 자신의 의도에 따라 사건을 배치합니다.

〈동백꽃〉에서 닭싸움 장면으로 이야기를 시작한 것도, 왜 점순이가 이런 행동을 하는지 궁금해지도록 하기 위해서가 아닐까요? 그리고 그 까닭을 밝히기 위해 과거의 사건들을 그 뒤에 배열한 것이고요.

여러분이 읽은 소설 가운데도 처음에 궁금증을 불러일으킬 사건을 먼저 제시하고 차츰차츰 왜 그랬는지를 이야기한 소설들이 있었을 거예요. 그 소설들이 왜 그렇게 이야기를 풀어 나갔는지 이제 알겠지요?

넓게 읽기

작품 밖 세상 들여다보기

시대

작가

작품

독자

작가 이야기
김유정 가상 인터뷰

시대 이야기
1931~1935년

엮어 읽기
김유정의 또 다른 작품들

다시 읽기
'김유정 문학촌'을 찾아서

독자 이야기
점순이와 동갑내기가 쓴 〈동백꽃〉 뒷이야기

작가 이야기
김유정 가상 인터뷰

**안녕하세요? 만나 뵙게 되어 영광입니다. 인터뷰에 응해 주셔서 고맙습니다.
선생님 소설은 주로 시골이 배경인 데다가 사투리도 많이 나오는데, 어릴 때 시골에 사셨나요?**

나는 1908년 1월 11일 강원도 춘천의 '실레'라는 마을에서 태어났어요. 우리 고향은 정말 아름답고 인심 좋은 곳이라 나는 고향을 좋아했어요. 고향에 대해서 쓴 〈오월의 산골짜기〉란 글에 이런 마음이 잘 나타나 있지요. 글 첫 부분 조금만 들려줄게요.

"나의 고향은 저 강원도 산골이다. 춘천읍에서 한 이십 리가량 산을 끼고 꼬불꼬불 돌아가면 내닿는 조그마한 마을이다. 앞뒤 좌우에 굵직굵직한 산들이 빽 둘러섰고 그 속에 묻힌 아늑한 마을이다. 그 산에 묻힌 모양이 마치 옴팍한 떡시루 같다 하여 동명을 '실레'라 부른다."

동네 이름이 참 재미있어요. 다음에 이 글을 꼭 읽어 봐야겠네요.

나는 이 재미있는 이름의 마을에서 2남 6녀 가운데 일곱째로 태어났는데, 어려서부터 몸이 허약했답니다. 게다가 말더듬이여서 휘문고보 2학년 때 말 더듬는 걸 고쳐 주는 '눌언교정소'에 다니기도 했어요. 그 영향으로 평소에도 말이 좀 없는 편이었죠.

아니 언어를 그렇게 잘 다루는 소설가가 어릴 때 말더듬이였다니 놀라워요. 어릴 때 말을 더듬었어도 나중에 멋진 글을 쓰는 작가가 될 수 있군요.

물론이죠. 그러니까 지금 뭘 잘 못한다고 해서 나중에도 못한다는 뜻은 아닌 거지요. 그러다 내가 다섯 살 때인 1913년에 가족이 모두 서울로 이사했고, 2년 뒤인 일곱 살 때 어머니가 돌아가셨어요. 그땐 정말 슬펐어요. 나중에 〈생의 반려〉란 소설에 어머니에 대한 깊은 그리움을 표현하기도 했어요.

> "저에게 바람이 하나 있다면 그것은 제가 어려서 잃어버린 그 어머님이 보고 싶사외다. 그리고 그 품에 안기어 저의 기운이 다할 때까지 한껏 울어 보고 싶사외다."

그래도 아버지가 아껴 주고 누나들도 잘 보살펴 주어서 슬픔을 조금 잊을 수 있었는데, 아홉 살 때 아버지까지 돌아가시는 바람에 나는 믿고 의지할 부모님을 모두 잃어버리고 말았지요.

아버지가 돌아가신 후 물려받은 재산을 형이 마구 써 버렸기 때문에 나중엔 집안 형편이 매우 어려워졌어요. 아플 때 약도 제대로 쓸 수 없는 지경이 되었고, 나는 병든 몸으로 누님 집에 얹혀서 살기도 했어요. 그땐 살기가 참 힘들었지요.

다섯 살 때 서울로 갔는데 어떻게 시골 이야기를 그렇게 실감나게 쓸 수 있었는지 궁금해요.

스물세 살이던 1930년에 고향에 내려가서 잠시 있었고, 1932년 다시 실레 마을로 돌아가서 야학 운동을 했어요. 나중에 야학당을 넓혀서 '금병의숙'이라 이름 붙이고 간이학교로 인가까지 받았지요. 이름을 '금병의숙'이라고 붙인 건 실레 마을 뒷산이 금병산이기 때문이에요. 금병의숙 터에 지금은 마을회관이 세워져 있어요. 우리 고향 마을에 가면 한번 찾아가 보세요. 그때 한동안 고향에서 살았는데 당시 경험이 내가 소설을 쓰는 데 큰 자산이 되었어요.

그러다 1933년 다시 서울로 올라가서 〈산골 나그네〉라는 작품을 시작으로 고향을 배경으로 한 이야기를 소설로 쓰기 시작했어요. 고향 이야기를 쓰면서 실제로 고향 사람들이 쓰는 말을 그대로 소설 속에 쓰려고 노력했기 때문에 내 소설에 사투리가 많지요.

네, 그래서 선생님 소설에 사투리가 많은 거군요. 그런데 왜 그렇게 사투리를 살려 쓰려고 했나요?

내가 보고 느낀 고향 사람들의 이야기를 있는 그대로 전하고 싶어서 고향 사람들을 직접 소설에 등장시키기도 하고, 말도 고향 사람들이 쓰는 말을 그대로 옮겨 썼지요. 그래서 사투리가 그대로 나타나 있는 것입니다. 제가 처음으로 쓴 소설인 〈산골 나그네〉에 나온 사투리 한번 들어 볼래요?

"어머이도 사람은 조하유……. 올에 잘만 하면 내년에는 소 한 바리 사 놀 게구. 농사만 해도 한 해에 쌀 넉 섬, 조 엿 섬, 그만하면 고만이지유."

정말 강원도 산골 사람의 목소리와 모습이 그대로 눈앞에 보이는 것 같아요.

사실성을 더하기 위해서 욕설이나 비속어까지도 그대로 썼답니다. 그래서 〈동백꽃〉에도 "아 이년아! 남의 닭 아주 죽일 터이야?" "더러

운 걸 널더러 입때 끼고 있으랬니? 망할 계집애년 같으니." 같은 말
들이 그대로 나오지요. 이렇게 쓰니 점순이에 대한 '나'의 얄미운 마
음이 그대로 전해지는 것 같더라고요.

**아하, 그렇군요. 잘 알겠습니다. 그런데 저희 또래의 최고 관심사는 사랑 이야기
인데, 누굴 좋아한 적은 없었나요?**

하하하. 이야기를 하려니 좀 쑥스러운데……. 두 사람을 좋아했지
요. 한 사람은 박록주라는 유명한 판소리
명창이었어요. 내가 휘문고보를 졸업하던
해에 처음 그 사람을 보았는데 한눈에 반
했어요. 수많은 편지를 보내며 열렬히 구
애했지만 결국 박록주 씨의 마음을 얻
지 못했습니다. 그게 내 첫사랑인데…….
1936년에 발표한 〈두꺼비〉와 〈생의 반려〉
란 소설에 내가 박록주 씨를 좋아했던 때
이야기가 자세히 나와 있어요.

사진 속에 있는 분이 박록주란 분인가요?

맞아요. 2년 동안 참 열심히 편지를 썼는데……. 나이가 나보다 네
살이 더 많았어요. 우리 어머니를 많이 닮아서 특히 더 좋아했던
것 같아요. 사실 1930년에 고향 실레 마을로 간 것도 박록주 씨에
게 실연당한 상처 때문이었어요. 참 힘들었거든요.
그 후 친구의 여동생인 박봉자 씨에게 마음을 두고 30여 통의 편지

를 보냈으나 답장은 한 통도 못 받았어요. 그런데 그 사람이 나와도 알고 지내던 김환태라는 평론가와 결혼해 버려서 또 한 번 마음의 상처를 받았지요.

혹시 선생님 삶에서 아쉬운 점이 있다면 무엇인가요?

1933년부터 소설을 쓰기 시작했는데, 정말 온 힘을 다해 썼어요. 3년 동안 수십 편의 소설을 썼지요. 그렇게 짧은 시간에 그만큼 많은 소설을 쓴 작가가 없다고 하더군요. 그런데 병이 점점 심해져서 1937년 3월 29일, 서른 살 나이로 나는 이 세상과 이별을 해야 했지요. 좀 더 살아서 사람들의 삶을 잘 그려 낸 좋은 소설을 많이 쓰고 싶었는데, 정말 아쉬워요. 그때 절박한 심정을 담아서 친구 안회남에게 쓴 편지가 여기 있어요. 죽기 얼마 전인 3월 18일에 쓴 편지인데, 이 편지를 읽으면 나의 안타깝고 아쉬운 마음을 잘 알 수 있을 겁니다.

> 필승아! 나는 날로 몸이 꺼져 간다. 이제는 자리에서 일어나기조차 자유롭지 못하다. 밤에는 불면증으로 하여 괴로운 시간을 원망하고 누워 있다. 그리고 맹열이다. 아무리 생각하여도 딱한 일이다. 이러다가는 안 되겠다. 달리 도리를 찾지 않으면 이 몸을 다시 일으키기 어렵겠다.
>
> 필승아! 나는 참말로 일어나고 싶다. 지금 나는 병마와 최후의 담판이다. 흥패가 이 고비에 달려 있음을 내가 잘 안다. 나에게는 돈이 필요하다. 그 돈이 없는 것이다.

필승아! 내가 돈 백 원을 만들어 볼 예정이다. 동무를 사랑하는 마음으로 네가 좀 조력하여 주기 바란다. 또다시 탐정 소설을 번역해 보고 싶다. 그 외에는 다른 길이 없는 것이다. 허니, 네가 보던 중 대중화되고 흥미 있는 걸로 두어 권 보내 주기 바란다. 그러면 내 오십 일 이내로 역하여 너의 손에 가게 하여 주마. 하거든 네가 극력 주선하여 돈으로 바꿔 보내 다오.

필승아! 물론 이것이 무리임을 잘 안다. 무리를 하면 병을 더친다. 그러나 그 병을 위하여 무리를 하지 않으면 안 되는 나의 몸이다. 그 돈이 되면 우선 닭을 한 삼십 마리 고아 먹겠다. 그리고 땅꾼을 들여 살무사 구렁이를 십여 뭇 먹어 보겠다. 그래야 내가 다시 살아날 것이다. 그리고 궁둥이가 쏙쏙구리 돈을 잡아먹는다. 돈, 돈, 슬픈 일이다.

필승아! 나는 지금 막다른 골목에 맞닥뜨렸다. 나로 하여금 너의 팔에 의지하여 광명을 찾게 하여 다오. 나는 요즘 가끔 울고 누워 있다. 모두가 답답한 사정이다. 반가운 소식 전해 다오. 기다리마.

글을 읽으니 정말 마음이 아프고 안타깝습니다. 오래 사셔서 좋은 소설을 더 많이 써 주셨으면 좋았을 텐데.
선생님과 함께하는 내내 행복했습니다. 인터뷰 중에 이야기하신 글들과 또 다른 소설들도 더 찾아 읽어 보겠습니다.

시대 이야기 # 1931~1935년

살아갈 길 찾아 턱없이 만주 간 농민

만주만 가면 살 수 있다는 소문 때문에 막연히 만주로 가는 농민들이 날로 늘어나고 있다. 아무 소개도 계획도 돈도 없는 조선 농민들이 신경 부근에만 1500여 명이 몰려들었다. 신경 영사관 내에서는 이들을 어떤 방법으로 구제할지 방법을 찾는 중이나 별다른 대책이 없어 고민 중이다. 경주 지방도 살 길을 찾아 떠나려는 사람들이 늘어나 금년에 들어 벌써 200명의 일본 도항자가 생겼다. 경주경찰서에는 요사이도 하루에 50에서 60명씩 거의 날마다 몰려와서 도항증을 받고자 한다.

서울에 키스 강도 출현

서울 시내에 키스 강도가 나타나 사람들의 분노를 사고 있다. 시내 모 여자실업학교 교사 이정애(22세) 씨는 오후 6시 30분경 집에서 나와 언니 집에 가던 중 갑자기 괴한이 나타나 끌어안고 키스를 하며 괴이한 행동을 하자 이씨는 죽을힘을 다해 저항하면서 소리를 질러 구원을 청했다. 이에 당황한 괴한이 바람같이 도망갔으나 부근을 순찰 중이던 경찰에게 체포되고 말았다. 경찰 조사 결과, 이 괴한은 모 통신사에 다니는 일본인(26세)인 것으로 밝혀졌다. 그런데 이 자는 모자까지 벗어서 양복 주머니에 넣어 언제든지 도망할 채비를 하고 있었던 것으로 보아 키스 강도를 상습적으로 해 온 것으로 추측되고 있다.

청춘 남녀 밀애

서울시의 한 경찰서에서, 부랑자를 단속하기 위해 밤에 경찰 10여 명을 동원하여 남산 일대를 순찰하였다. 이때 흉기 소지자와 기타 범죄자들을 찾아냈는데, 뜻밖에 은은한 달빛 아래 곳곳에서 밀애를 속삭이는 청춘 남녀들이 많았다고 해서 화제이다. 대부분 열일곱 살에서 열여덟 살가량의 청춘 남녀들이었지만, 불륜을 저지르는 유부녀들도 있었다고 한다.

역사신문 1900년 0월 0일

어느 농부의 신세 타령

나는 아들딸 다섯 자식과 늙으신 부모님을 모시고 있는 평범한 농부입니다. 어린 자식을 먹이고 양친을 부양하려면 일 년 열두 달 하루도 쉴 날이 없습니다. 그렇게라도 해서 부모 자식을 먹여 살릴 수만 있다면 불만이 없겠습니다. 그러나 현실은 그렇지가 않습니다. 금년 가을에 수확을 해 보니 벼와 잡곡을 합해 마흔 석을 거두는 풍년을 이루었습니다. 그런데 열심히 일하고 풍년을 맞았어도 아무것도 남는 것이 없군요. 마흔 석 중에서 지주에게 소작료와 빚을 갚으니 겨우 열두 석밖에 남는 것이 없습니다. 이것뿐이겠습니까. 비료 값도 있고, 세금도 있고, 교육비도 있고……. 결국 다 털어 주고 나니 한 해 동안 뼈 빠지게 고생하면서 수확한 마흔 석이 바람에 날아가는 나뭇잎같이 다 없어지더군요. 결국 올해 같은 풍년에도 자식들 끼니 걱정을 해야 하는 형편이 됐습니다. 우리 마을에는 나처럼 헛고생을 하고 있는 농사꾼이 한두 사람이 아닙니다. 남의 땅 소작 붙이는 나 같은 빈농들은 모두 이런 신세입니다. 그러나 눈앞에 닥친 굶주림을 보면서도, 그래도 무슨 수가 있겠지 하고 운명에 기대고들 있는 형편이지요.

간단한 회충 예방법

어른 아이 할 것 없이 괴롭게 구는 회충은 그 생존력이 매우 강하다. 소금물 속에서 5주일쯤은 살아 있고, 초산과 알코올 속에 넣어 두어도 잘 산다. 김치 같은 것 속에서도 한 달 이상은 산다고 한다. 이렇게 완강한 회충을 어떻게 하면 좋을지 도저히 어려운 문제이다. 하지만 방법은 있다. 매달 한 번씩 구충제를 먹으면 된다. 그리고 채소 등은 맑은 물로 잘 씻어 먹어야 한다. 한 차례 잘 물로 씻으면 50퍼센트 이상은 회충 알이 떨어진다. 종래는 표백분을 푼 물에 채소를 씻으면 기생충 알이 떨어지는 줄 알았으나 실험해 본 결과 표백분은 살균에 아무런 효과가 없는 것을 알았다. 인분을 거름으로 쓰고 또 채식을 흔히 하는 조선 사람으로는 더욱 부엌에서 주의해야 할 것이다.

엮어 읽기
김유정의 또 다른 작품들

_____ 〈봄봄〉(1935)

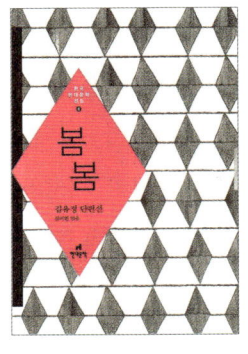

〈봄봄〉은 〈동백꽃〉과 분위기나 내용이 비슷해요. '점순이'와 '나'가 주인공인 것도 같고, 강원도 산골이 배경인 것도 같지요. 재미있는 인물들과 생생한 말투가 돋보이는 작품입니다.

점순이와 결혼시켜 준다는 핑계로 일만 시키는 교활한 장인과 그런 장인에게 반발하면서도 끝내 이용당하는 '나'의 갈등을 해학적으로 그리고 있답니다.

점순이는 열여섯 살, '나'는 그보다 열 살이 많은 스물여섯 살입니다. '나'는 점순이와 결혼을 시켜 주겠다는 장인의 말을 믿고, 점순이네 집에서 3년 7개월 동안 돈 한 푼 받지 않고 데릴사위가 된 채 일을 하고 있지요. 하지만 심술 사나운 장인 영감은 점순이가 아직도 덜 자랐다고 점순이와의 결혼을 자꾸 미루기만 합니다. 그래서 '나'도 점점 화가 나기 시작하지요.

'나'의 친구인 뭉태가 '나'를 바보 같다고 하고, 점순이도 '나'에게 아버지에게 졸라 보라고 합니다. '나'는 어떻게든 장인 영감과 결판을 내야겠다고 생각을 하지요. 그래서 일터에 나가지 않고 장인에게 결혼시켜 달라고 졸라 댑니다. 하지만 장인 영감은 징역을 보내겠다고 겁을 주고, 지게막대기로 배를 찌르고 발길질도 했어요. 그러자 화가 난 '나'도 장인 영감의 사타구니를 잡고 늘어지면서 큰 싸움으로 번집니다. '나'는 점순이가 자기편을 들어 주겠지 생각했는데 웬걸, "에그머니! 이 망할 게 아버지 죽이네." 하고 도리어 '나'의 귀를 뒤로 잡아당기며 울어 버립니다. '나'는 멍해져서 싸울 힘을 잃고 말지요.
그러고 나서 장인은 '나'의 다친 머리를 불솜으로 지져 주며 "가을엔 꼭 성례를 시켜 주마, 암말 말구 가서 뒷골의 콩밭이나 얼른 갈아라." 하고 '나'를 달랩니다. 순진한 '나'는 그 말을 믿고 다시 일을 하러 밭으로 나가지요.

〈만무방〉(1935)

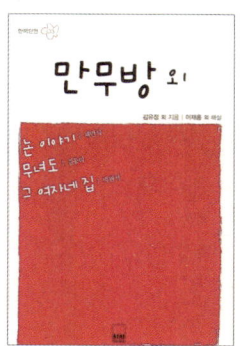

'만무방'은 '염치없이 막된 사람, 아무렇게나 생긴 사람'을 뜻하는 순우리말이에요. 〈만무방〉은 김유정의 소설 가운데 최고라고 평가를 받는 작품입니다. 응칠, 응오 형제의 떠돌이 삶을 바탕으로 일제 강점기 농민들이 겪었던 비참한 삶을 사실적으로 보여 주고 있답니다.

산골에 가을이 무르익었어요. 응칠은 한가롭게 송이를 캐러 나왔지요.

전과자요 만무방인 그는 가을이라도 추수할 거리가 없어 송이 캐기나 할 수밖에 없는 신세입니다. 응칠은 송이를 캐서 먹고 또 남의 닭을 잡아먹기도 하지요.

숲 속에서 나온 응칠은 성팔을 만나 동생 응오가 논의 벼를 도둑맞았다는 이야기를 듣습니다. 아무리 성실하게 농사를 짓고 추수를 해도 남는 것이 별로 없기 때문에 응오는 추수를 포기하고 있었던 것이지요. 응칠은 속으로는 그것이 성팔의 짓이 아닌가 의심을 하며, 자기가 의심을 받을까 봐 도둑을 잡아야겠다고 생각합니다.

응칠도 5년 전에는 가족이 있었던 성실한 농부였어요. 그러나 빚을 갚을 길이 없어 온 가족이 밤에 몰래 도망쳐서 여기저기 떠돌아다닙니다. 처음에는 가족이 함께 다녔으나 먹고살기가 너무 힘들어져 결국은 뿔뿔이 흩어지게 되고, 응칠은 동생을 찾아 고향으로 돌아왔지요.

동생 응오는 병을 앓아 반송장이 된 아내에게 먹일 약을 달입니다. 응오가 아내의 병을 낫게 하기 위해 15원이라는 큰돈을 들여 산신령에게 빌려고 하자 응칠은 극구 말리고 이에 응오는 대꾸도 하지 않고 반발합니다.

응칠은 오늘 밤에 도둑을 잡은 후 이곳을 뜨기로 결심합니다. 응칠은 응오 논의 도둑을 잡기 위해 서낭당 앞 돌에 덜덜 떨며 앉아서 기다립니다. 닭이 세 홰를 울 때 복면을 한 도둑이 나타나자 응칠은 몽둥이로 도둑의 허리께를 내리칩니다. 도둑의 복면을 벗기고 나서 응칠은 깜짝 놀라지요. 도둑이 바로 동생 응오였거든요.

"내것 내가 먹는데 누가 뭐래?" 하며 울음이 복받치는 아우를 보고 응칠도 눈물을 흘립니다. 자기 논의 벼를 거두어들여 보았자 마름에게 모두 빼앗기고 남는 것은 빚밖에 없어서 추수를 포기할 수밖에 없는 안타까운 형편을 잘 알기 때문이지요. 응칠은 황소를 훔쳐 돈을 마련하자고 아우를 달래지만 응오는 형의 손을 뿌리칩니다. 응칠은 속상하고 안타까운 마음에 응오에게 몽둥이질을 해요.

그리고 나서 응칠은 쓰러진 아우를 등에 업고 고개를 내려옵니다.

〈금 따는 콩밭〉(1935)

〈금 따는 콩밭〉은 절망적 현실에서 허황된 꿈을 꾸는 사람의 어리석음을 보여 주는 작품입니다. 주인공은 콩밭에 금이 묻혀 있으니 함께 캐자는 친구의 꾐에 넘어가 콩이 다 여문 콩밭을 파헤칩니다. 그러나 금은 나오지 않고 콩밭만 망쳐 버리고 말지요.

주인공인 영식은 가난한 소작인이에요. 그런데 금광으로만 돌아다니던 수재의 꾐에 넘어가 그와 함께 콩이 한창 자라고 있는 콩밭을 파기 시작하지요.

금을 캐기 위해 영식은 콩밭 하나를 다 망쳐요. 그래도 죽을 동 살 동 곡괭이질만 합니다. 애꿎은 콩밭만 결딴이 나 버렸어요.

마름은 영식이 파헤쳐 놓은 콩밭을 보고, 구덩이를 묻지 않으면 징역을 갈 줄 알라고 으름장을 놓아요. 영식은 오늘 밤까지만 해 보고 그

만두겠다고 하지만, 마음은 들은 체도 안 하고 가 버립니다.

처음에 수재가 영식을 부추겼을 때, 영식은 몇 번 거절을 했었어요. 하지만 가난을 면할 수 있다는 꿈에 이끌린 아내의 부추김도 있고 해서 응낙을 한 것이었죠.

아무리 파 들어가도 금이 나올 기미가 보이지 않자 영식은 점점 초조해졌어요. 그래서 아내가 꿔 온 쌀로 떡을 해서 콩밭에 가 산신께 축원을 드립니다. 하지만 여전히 깜깜 무소식이었어요. 그리고 빌린 양식마저 갚을 수 없게 되었죠.

어느 날 아내가 점심을 이고 콩밭으로 갔을 때, 남편은 적삼이 찢어지고 얼굴에 생채기가 나 있었어요. 그리고 수재는 흙투성이에다 코밑에는 피딱지가 말라붙었으며, 조금씩 피가 흘러내리고 있었고요. 그 모양을 보고 아내는 비꼬는 말로 영식을 탓합니다. 영식은 그런 아내를 보고 분통이 터져 끝내는 발길질까지 하지요.

이를 보고 조바심이 난 수재는 구덩이 속에서 불그죽죽한 황토 한 줌을 움켜 내어 영식 부부에게 "터졌네, 터졌어, 금줄 잡았어." 하고 외칩니다. 그리고 그것이 바로 한 포대에 50원씩 하는 금이라고 거짓말을 해요. 영식의 아내는 기뻐서 고래 등 같은 집을 떠올리고 있을 때, 수재는 오늘 밤에는 꼭 달아나리라고 마음을 먹습니다.

다시 읽기
'김유정 문학촌'을 찾아서

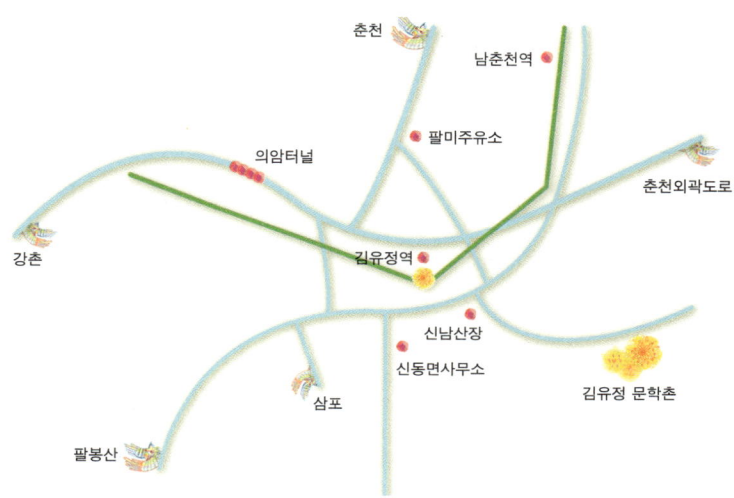

'김유정 문학촌'은 어디에 있나요?

'김유정 문학촌'은 강원도 춘천 시내에서 그리 멀지 않은 신동면 증리에 있습니다. '실레 마을'이라고 흔히 불리는 이곳이 바로 김유정의 고향 마을이기 때문이지요.

김유정 문학촌에서 조금만 걸어가면 '김유정역'이 있습니다. 이 역의 원래 이름은 '신남역'이었는데, 김유정을 기념하기 위해서 2004년 김유정기념사업회에서 역 이름을 바꾸었습니다. 우리나라에서는 처음으로 사람 이름을 가진 기차역이 탄생한 겁니다.

흔히 '문학관'이라고 하는데 이곳은 왜 '문학촌'인가요?

정지용 문학관, 이육사 문학관, 채만식 문학관, 황순원 문학관 등 시인이나 소설가를 기리는 문학관은 많이 있습니다. 그러나 '문학촌'이란 이름을 가진 곳은 '김유정 문학촌'뿐입니다.

왜 문학관이 아니라 '문학촌'이라고 이름을 붙였을까요? 그 까닭은 현재 김유정의 유품이 거의 남아 있지 않기 때문입니다. 김유정의 유품은 김유정과 절친했던 소설가 안회남(1909~?)이 모두 가지고 있었는데 나중에 안회남이 월북해 버렸어요. 그래서 유품이 남아 있지 않은 것이지요. 유품이 없어 전시할 물건이 없었기 때문에 대신 작가의 문학 세계를 느끼고 체험할 수 있도록 이곳을 꾸미고 이름도 '문학촌'이라고 붙였습니다.

김유정 문학촌에 가면 무엇을 볼 수 있나요?

김유정 문학촌에 가면 ㅁ자 모양으로 예쁘게 지어진 초가집이 있습니다. 조카인 김영수 씨와 금병의숙 제자들의 증언을 바탕으로 김유정이 살았던 집과 똑같이 만들어 놓은 것입니다. 바깥에서 집 안을 들여다볼 수 없도록 된 구조인데, 당시로서는 아주 잘 지어진 집이라는 것을 직접 보면 알 수 있습니다. 생가 옆으로는 외양간과 디딜방아와 뒷간 등이 복원되어 있고, 앞에는 관람객들이 쉴 수 있도록 연못과 정자를 만들어 놓았어요.

생가 옆에 있는 큰 기와집은 김유정의 생애와 작품을 볼 수 있는 전시관입니다. 김유정에 대한 홍보 영상, 김유정의 생애와 판소리 명창 박록주와의 사랑 이야기, 문학을 하면서 사귀게 된 친구들 이야기가 보기 좋게 정리되어 있고, 연대별로 각 출판사에서 펴낸 소설책 수십 권이 전시되어 있습니다.

생가와 전시관 사이에 한복 두루마기 자락이 바람에 휘날리는 채로 한 손에 책을 들고 있는 김유정의 동상이 서 있습니다. 골똘히 책을 들여다보고 있는 모습에서 문학에 열정을 바친 문학청년의 생전 모습을 떠올려 볼 수 있을 거예요.

한편, 생가와 전시관 맞은편에는 다양한 체험을 위한 공간을 조성해 놓았는데, 앞으로 더욱 확장할 계획이라고 합니다. 현재는 행사를 진행할 수 있는 작은 무대와 여러 채의 초가가 있습니다. 초가에는 만화나 책 등을 볼 수 있게 꾸며 놓거나, 나무로 솟대나 곤충 등의 공예품을 직접 만들어 볼 수 있는 공간이 마련되어 있습니다.

'실레 이야기길'이 무엇인가요?

김유정의 소설 30여 편 가운데 12편이 고향인 실레 마을을 배경으로 하고 있습니다. 그래서 마을 전체가 작품의 공간이 되었고, 마을 곳곳에 작가의 체취가 묻어 있습니다. 공간적 배경뿐만 아니라 마을의 실제 인물을 등장인물로 삼기도 했어요.

이 마을에서 〈동백꽃〉의 산기슭을 만날 수 있으며, 〈봄봄〉의 '봉필 영감 집'을 찾을 수 있습니다. 그 외에도 이 마을 곳곳에서 작품의 배경이 되는 장소를 만날 수 있습니다. 그래서 이 금병산 자락에 김유정 소설 12편에 나오는 이야기를 바탕으로 '실레 이야기길'이라는 산책로를 만들어 놓았습니다.

들병이들 넘어오던 눈웃음길, 금병산 아기장수 전설길, 점순이가 '나'를 꼬시던 동백숲길, 덕돌이가 장가가던 신바람길, 산국농장 금병도원길, 춘호 처가 맨발로 더덕 캐던 비탈길, 응칠이가 송이 따먹던 송림길, 응오가 자기 논의 벼 훔치던 수아리길, 산신각 가는 산신령길, 도련님이 이쁜이와 만나던 수작골길, 복만이가 계약서 쓰고 아내 팔아먹던 고갯길, 맹꽁이 우는 덕만이길, 근식이가 자기 집 솥 훔치던 한숨길, 금병의숙 느티나무길, 장인 입에서 할아버지 소리 나오던 데릴사위길, 김유정이 코다리찌개 먹던 주막길 등이 김유정의 소설과 삶을 바탕으로 만든 '실레 이야기길'의 이름들입니다.

재미난 이야기 열여섯 마당과 만날 수 있어서, 문학 기행 가는 사람들에게 인기가 많답니다.

김유정 문학촌에서 하는 행사에는 어떤 것이 있나요?

김유정의 생애와 문학 세계를 기리기 위하여 매년 다양한 행사를 진행하고 있습니다. '김유정 문학제', '청소년 문학 축제 봄봄', '김유정 문학 캠프', '김유정 소설을 테마로 하는 삶의 체험' 등.

'김유정 문학제'에서는 백일장이나 낭송 대회를 합니다. 또 〈동백

김유정 문학 축제 봄봄 – 김유정 소설 퀴즈 골든벨

꽃〉과 〈봄봄〉 속의 점순이 찾기, 닭싸움 등의 재미있는 행사도 합니다. '청소년 문학 축제 봄봄'에서는 김유정 소설의 뒷이야기를 써 보는 김유정 소설 속편 쓰기, 등장인물 캐릭터 그리기, 소설 속 이야기 그리기 등을 합니다. '김유정 소설을 테마로 하는 삶의 체험'에서는 전통 혼례식, 민요 부르기, 떡메 치기나 제기 차기를 비롯해 고무신 날리기, 새끼 꼬기 등과 같은 민속놀이를 합니다. 그 밖에도 '실레 이야기 마을 책 축제', '소설의 고향을 찾아가는 문학 기행' 등의 행사가 있습니다. 이런 행사들을 통해 김유정 소설에 더 가까이 다가갈 수 있을 것입니다.

독자 이야기

점순이와 동갑내기가 쓴 〈동백꽃〉 뒷이야기

신영수 (고등학교 1학년)

점순이가 산 아래로 내려가고, 나는 산 위로 올라가서 점순이가 했던 것처럼 호드기를 만들어 불었다. 한 식경 정도가 지나서야 내려갈 채비를 하고 팽개쳐 두었던 지게에 소나무 삭정이를 얼마간 더 실었다.

내려오는 길목에 노란 동백꽃 무리를 보면서 조금 전의 일이 떠올라 얼굴이 확확 달아올랐음은 물론이다. 지겟작대기로 점순이네 수탉을 때려눕힌 곳에서는 나도 모르게 죄책감에 움찔거려야 했다.

점순이네 집은 동네 어귀에 있지는 않았지만, 우리 집으로 가기 위해서는 반드시 지나쳐만 하는 길목에 있었다. 짐짓 아무렇지도 않은 채 허세를 부리며 길을 쭉 걸어가자 점순이네 집에서 별안간 벼락같은 노성이 울렸다.

"니, 지금 그걸 말이라고 하나!"

점순이가 훌쩍대며 두어 마디 하는 소리도 들렸다마는, 앞에서 터져 나온 소리에 넋이 쏙 달아나 버린 나는 그 집 울타리에 바싹 기대섰다.

"그놈의 장닭이……."

"장닭이 뭐? 바위에 머리라도 박고 죽었다고 할 참이냐?"

"……."

점순이도 생떼라는 것을 아는지 잠잠했다. 나도 모르게 애가 타서 버석하니 마른 입술을 혀끝으로 축이며 계속 뒷이야기를 들으려 했다. 하지만 그 뒤부터 그들의 목소리가 전혀 들리지 않았다.

"예서 뭐 하누? 나무하러 간다고 한 아가."

놀라서 얼른 뒤돌아보니 동네 어른이셨다. 그 순간, 방 안에서 나오려는 기척이 나는 듯해서 나는 어른에게 인사를 하는 것조차 잊고 마구 내달렸다. 뒤에서 "저 버르장머리 없는"으로 시작하는 잔소리와 꾸중이 쏟아졌지만 나는 미친 듯이 달려갔다.

집에 도착해서 더위 먹은 개처럼 툇마루에 앉아 헉헉대며 숨을 골랐다. 그런 나를 수상쩍게 여기던 어머니는 내게 몇 번이나 그 이유를 캐물었지만 나는 고해바치지 않았다. 들키면 점순이도 나도 끝장이라는 생각 때문이었다.

"그래, 나무는 잘 해 왔나?"

"야."

나는 지게를 벗어 나뭇짐들을 내려놓았다. 그 와중에도 가슴이 벌렁거려 어머니께 아프다는 핑계를 대고 방 안으로 들어갔다. 내가 휘두른 작대기에 닭이 죽었다는 것은 둘째치고, 소작인 아들이 마름 집 딸한테 연애 걸었다는 소문이 나면 우리 집은 필시 땅을 떼일 것이다. 그렇게 되면 나도 집에서 쫓겨날지 모른다.

"아고고, 죽겠다……."

머리를 감싸 쥐며 끙끙 앓다가 나도 모르게 찬 방바닥으로 쓰러져서 세상모르고 잠이 들어 버렸다. 깨어난 것은 늦저녁이었다. 누군가의 고함 소리 때문에 깬 것이었다.

"바우 있는가?"

"예, 예. 형님!"

문에 바른 창호지에 난 좁쌀만 한 구멍으로 내다보니 기골이 장대한 사내 하나가 우뚝 서 있다. 뒤에 서 있는 치맛자락으로 미루어 보건대, 저것은 점순이가 분명했다. 나는 몸을 와들와들 떨어 댔다. 점순이 고년이 모진 고문(?)을 이기지 못하고 낱낱이 고해바친 것이 분명했다.

"예? 우리 아가 참말로?"

끝장이다. 나를 거론하는 것을 보면 다 알고 온 것이다. 눈앞이 아득해지고 귓가에서는 천둥소리가 울리는 듯했다. 그때였다. 문이 휘떡 열리며 점순이 아버지의 시선과 내 시선이 부딪친 것은…….

"점순아, 야가 맞나?"

뒤에 있던 점순이를 떼밀어 확인까지 하는 것을 보며 나는 드디어 올 것이 왔구나 하고 눈을 껌벅였다. 점순이는 아까와 달리 깔끔하고 얌전한 복색을 갖추고 있었다. 이건 또 뭔가, 해서 휘둥그레진 눈으로 점순이를 보자 점순이가 가만히 고개를 끄덕인다.

"자네, 이것을 어쩔 거나?"

"다, 닭이라면 제가…….”

"닭? 닭은 또 왜?"

모르신다는 눈치다. 아니 그럼, 예까지는 무슨 일로 오신 거란 말인가? 내가 궁금증을 참지 못하고 먼저 물어볼까 하던 찰나에 점순이 아버지가 말씀하셨다.

"자네가 일을 잘한다기에 이번에 우리 논의 모내기를 도와 달라고 말하러 왔건만……. 그 닭을 그럼 자네가 죽인 건가?"

"죄, 죄송합니다요!"

방바닥에 넙죽 엎드리자 위에서 가볍게 혀를 차는 소리가 들렸다. 점순이가 나를 한심하게 보더라도 어쩔 수 없었다. 이대로 우리 집이 쫓겨나면 점순이와도 안녕인 것이었다. 거기까지 생각을 마친 나는 고개를 들지도 못하고 맹꽁이 모양으로 엎드려만 있었다.

"고만 됐으니 일어나라."

"야……."

"사내자석이 이래 가지고는……. 그 장닭 값이나 갚게."

"저, 저는 돈이 없는데요."

고개를 숙이며 그리 대답하자 점순이 아버지는 내 등을 탁탁 두들기며 말씀하셨다.

"어쩌긴 어쩌겠나? 일해서 갚아야지. 저번에 보아 하니 일도 걱실걱실히 잘하드만."

"할게요, 하겠습니다!"

나도 모르게 벌떡 일어나 점순이 아버지의 손을 덥석 잡았다. 후에 알게 된 일이지마는, 점순이는 혼나면서도 끝까지 닭을 죽인 건 자기라고 했다는 것이다. 그 닭이 사실은 이번에 모내기 도와주는 사람에게 줄 새경이었는데 그게 죽었으니……, 나더러 일해서 갚으라는 것도 영 헛된 소리는 아니었다.

그런데도 그 관대한 처사를 감사하게 받아들이지 못하는 건…….

"울타리는 그래 하면 안 된다!"

자기네 집 머슴 대하듯 나를 굴려 대는 얄미운 계집애 때문이었다. 차라리 닭을 죽인 죄로 돈을 물어주거나 죽도록 맞는 편이 나았을지도 모른다는 생각이 든다.

"니 지금 농땡이 치는 기가?"

"알았다, 한다!"

저놈의 계집애. 나중에 따귀를 한 대 올려붙이든지 해야겠다. 이건 꼭, 마치 게으름뱅이 남편을 부리는 여편네 같은 모양새가 아닌가? 그래도 역시 할 말은 해야겠다 싶어 쭈그리고 앉아 울타리를 하던 자리에서 벌떡 일어났다.

"뭐, 뭐가?"

"…… 고맙다."

서글서글하니 딱 온순한 암소 같은 커다란 눈을 끔벅거리던 점순이가 아연해 하는 표정을 지었다. 구태여 설명해 줄 필요도 없을 것 같아서 나는 고개만 주억거렸다.

'아, 난 진짜 니가 내 아내면 좋겠다.'

점순이는 연방 나를 보고 고개를 갸웃거릴 뿐이었다.

'두고 봐라, 내년 아니 내후년에 네가 내 아내가 되나 안 되나.'

이현정 (고등학교 1학년)

 그렇게 산으로 치빼고 나서도 나는 정신이 아득한 것이 어찔어찔하여 몸을 가누지 못하였다. 얼굴이 벌겋게 달아오른 것이 꼭 고뿔 앓는 것마냥 뜨끈뜨끈하였다. 그렇게 정신 빠진 얼간이 같은 모양새로 비척비척 집으로 걸어 돌아가자 다 죽어 가던 우리 수탉은 어딜 갔는지 보이질 않았다. 저 때문에 내가 이리도 수모를 겪었건만, 은혜도 모르고 내뺀 것이 괘씸하였다.
 우선은 얼굴을 좀 씻어야겠다 싶어 마당에 들어서는데,
 "이놈아, 니 어딜 갔다 오니?"
하고 어머니가 벼락같이 호통을 치는 것이 아닌가. 나는 불이라도 붙은 듯이 나무 지게를 벗어 던지고 뛰어 들어갔다. 어머니는 그 꼴을 보더니,
 "나무하러 갔음 재깍재깍 끝내고 들어와야 할 것 아니냐? 어디를 싸돌아댕기다가 지금 들어오는 거야?"
하고 연신 툴툴대며 방 안으로 들어갔다. 방바닥에 궁둥이를 붙이고도, 하여간 하는 일마다 엉성한 놈이라는 둥 중얼거리며 험담을 해대었다. 나는 그래도 어머니가 수탉 얘기를 꺼내지 않는 것을 보면 점순이가 일러바친 것은 아니구나 싶어 마음을 놓았다.
 그렇게 끝났으면 좋으련만 그 다음 날, 꼭 오늘 아침부터 점순이의 행동거지가 또 요상하다. 요 여우 같은 계집애가 이제 꼬투리를 잡았다 싶으니까 시도 때도 없이 나를 자근거리는 것이다. 그것도

저번처럼 우리 닭을 잡는다든가 내 욕을 쫑알거리지는 않고, 은근히 나를 흘끔대다 쪼르르 달려와 앞길을 떡하니 막는 것이 아닌가. 그리고 사람이 없나 두리번거리나 싶더니 대뜸,

"얘, 니 우리 집 오늘 닭 삶아 먹은 것 아니?"

하며,

"니가 우리 닭 때려죽이는 바람에, 버릴 수도 없고 해서 먹은 것 아니냐. 우리 어머니가 길길이 날뛰는 걸 니가 봤어야 했는데."

하고 은근히 눈치를 주는 것이다. 그래서 내가 꿀 먹은 벙어리마냥 가만히 서 있으니까 여우같이 웃더니만 자기 집으로 내빼 버렸다.

고년이 약아빠져서 나를 제멋대로 부리려 하는지는 모르지만 이렇게 쓸개 빠진 놈처럼 당하고 있을 수만은 없다. 나는 이제 점순이가 닭 얘기를 꺼내도 멍청하게 당하고만 있지는 않겠다고 다짐하였다. 어떻게든 그 계집애를 구슬러 입을 다물게 할 작정이었다.

그러나 그 여우 같은 계집애가 내가 사탕발림을 한다고 해서 쉬이 넘어올 년도 아니라 나는 걱정이 태산이었다. 나는 산을 오르면서도 그 생각으로 머릿속이 복잡하여 여러 번 휘청대었다. 덕분에 나무하는 데 시간이 평소보다 갑절이나 걸려 또다시 어머니에게 욕을 얻어먹었다.

그렇게 어영부영 점순이를 피해 다니며 며칠을 보내고, 나는 오랜만에 냇가에 앉아 빈둥거릴 시간을 갖게 되었다. 점순이가 어찌나 신출귀몰한지, 도망 다니는 것만 해도 몹시 성가신 일이었다.

지겟작대기로 냇물을 휘휘 젓자 새파란 물이 찰랑거렸다. 비가 오

질 않아 줄어든 물은 종아리까지밖에 오질 않아 바닥이 그대로 보였다. 통통한 피라미 몇 마리가 꽁지 빠지게 헤엄쳐 사라졌다. 통발을 가져왔다면 제법 재미를 보았을 터인데, 영 섭섭한 일이 아닐 수 없었다. 내가 입맛만 다시며 지겟작대기를 도로 물 밖으로 꺼내 놓는데,

"얘, 니 오늘은 일 안 하니?"

하는 목소리가 들렸다. 기겁을 하고 고개를 쳐들자 점순이가 바로 위에서 웃고 있는 것이다. 이년이 축지법을 쓰나 아니면 도술이라도 부리나, 하고 있는데 점순이는 나는 아랑곳 않고 치마를 둥둥 걷어 올려 냇물 속으로 첨벙첨벙 걸어 들어가는 것이 아닌가. 남세스러워 고개를 돌리려 했는데 마침 눈에 푸르뎅뎅한 점순이의 종아리가 보였다. 퍼렇고 벌건 줄이 몇 번이고 나 있는 종아리는 탱탱하니 부어 올라 있었다.

"야, 니 종아리가 왜 그러니?"

하고 묻자 점순이는 일부러 나 보라는 듯 종아리를 흔들며,

"우리 닭 죽었다고 어머니가 나한테 역정을 내셨다."

하고 이기죽거렸다. 나는 순간 말문이 막혀 눈알만 굴렸다. 점순이는 손 귀한 집안의 딸이라 무슨 일이 있어도 어지간히 혼내려니 했건만, 나 때문에 다리가 저리 되었다니 미안한 마음이 없지도 않았다. 내 죄를 뒤집어쓰고 매를 맞았다니 고맙기도 한 것이, 여태껏 피했다는 게 부끄러워 나는 애꿎은 시냇물만 발로 휘저었다.

그렇다고 사과하자니 꽁한 마음이 사라지질 않았다. 애초에 점순

이가 우리 집 닭을 달달 볶아 대지 않았어도 내가 그리 독하게 굴지는 않았을 터인데. 저 계집애가 나 미안한 마음 들라고 일부러 저러고 있는 것이려니 해서 더더욱 언짢았다.

"그러면 나는 간다."

점순이가 대뜸 내뱉고는 물 밖으로 성큼성큼 걸어 나가는 동안에도 나는 아무 말도 못하고 앉아 있기만 하였다.

"야, 야! 니 거기 서 봐라."

점순이가 저 멀리 치마를 펄럭이며 고개 너머로 사라지려고 할 즈음에 나는 소리 질러 점순이의 발걸음을 멈추었다. 점순이는 그대로 가 버리려는가 싶더니만 몸을 돌려 나에게 비척비척 걸어왔다. 나도 덩달아 일어서서 지겟작대기를 들고 점순이 쪽으로 허위허위 달려갔다. 점순이가 빤히 나를 바라보는 것을 내려다보며,

"니 여기 가만히 있어라. 딴 데 가면 안 된다!"

하고 저번에 점순이와 넘어진 바위로 내달았다. 얼마 가지도 않았는데 동백꽃 노오란 냄새가 풍겨 왔다. 졸망졸망한 꽃봉오리가 고개를 위로 쳐들고 햇볕을 받아 빛났다. 흐드러지도록 핀 동백꽃을 두 손 가득 꺾어 저고리에 담고 또 담고 하다 보니 손가락이 노랗게 물들었다. 그것도 모르고 숨이 턱 끝까지 차서 점순이에게로 돌아와 보니, 점순이는 이상하다는 듯이 나를 올려다보았다. 저고리고 손가락이고 노랗게 물들어 어지간히도 푸수수한 모양새였을 것이다.

"이거 냄새가 좋더라. 니 다 가지렴."

하고 엉겁결에 저고리의 동백꽃을 점순이에게 쏟아부었다. 노란 꽃

이파리가 비처럼 쏟아졌다. 예쁘장한 얼굴을 저답지 않게 찌푸린 것이 혹시 마음에 차지 않아 그러나 싶어 나는 또 성급히,

"너 피멍에는 된장이 좋다더라. 내 우리 집에서 가져다줄 테니 그거 바르렴."

하고 단단히 당부하였다.

"니 그거 정말이제?"

"정말이고말고. 내가 내일 직접 가져다주마."

그제야 점순이는 여우 같은 눈꼬리를 살짝 휘며 잔망스럽게 웃더니, 얼굴을 내 눈앞까지 들이밀고 몇 번이고 다짐을 받아 내었다.

점순이 살내음이 섞인 동백꽃 냄새에 얼굴이 또 시뻘겋게 달아오른 나는 재차 고개를 끄덕이고 몸을 뒤로 쭉 빼었다. 이번엔 내가 꺾어 온 얼마 안 되는 꽃송이뿐이건만, 왜 그리도 냄새가 아득하고 아찔한지 알 수가 없는 노릇이다. 바닥에 쏟아진 노오란 동백꽃마냥 점순이가 탐스럽게 웃었다.

참고 문헌

김유정, 전신재 엮음,《원본 김유정 전집》, 강, 2007.
김유정문학촌 엮음,《김유정 문학의 재조명》, 소명출판, 2008.
이선영,《1930년대 민족문학의 인식》, 한길사, 1990.
임영택·최원식 엮음,《한국근대 문학사론》, 한길사, 1993.
한국소설학회 엮음,《현대소설 시점의 시학》, 새문사, 1996.
채만식·김유정,《동백꽃 봄·봄 레디메이디 인생 치숙》, 창비, 2005.
나병철,《전환기의 근대문학》, 두레시대, 1995.
조건상 외,《한국 소설 읽기의 열두 가지 시각》, 성균관대출판부, 2004.
임무출 엮음,《김유정 어휘사전》, 박이정, 2001.
김용택·도법,《시인과 스님, 삶을 말하다》, 메디치미디어, 2009.
한복진,《우리 생활 100년, 음식》, 현암사, 2005.
젊은역사연구모임,《영화처럼 읽는 한국사》, 명진출판, 1999.
이훈구,《조선농업론》, 한성도서주식회사, 1935.
오주석,《단원 김홍도》, 솔출판사, 2006.
이만교,《나를 바꾸는 글쓰기 공작소》, 그린비, 2009.

선생님과 함께 읽는 동백꽃

1판 1쇄 발행일 2011년 9월 25일
개정판 1쇄 발행일 2012년 8월 13일
개정판 13쇄 발행일 2025년 9월 15일

지은이 전국국어교사모임

발행인 김학원
발행처 (주)휴머니스트출판그룹
출판등록 제313-2007-000007호(2007년 1월 5일)
주소 (03991) 서울시 마포구 동교로23길 76(연남동)
전화 02-335-4422 **팩스** 02-334-3427
저자·독자 서비스 humanist@humanistbooks.com
홈페이지 www.humanistbooks.com
유튜브 youtube.com/user/humanistma
인스타그램 @humanist_insta

편집책임 문성환 **편집** 윤무재 **디자인** 김태형 반짝반짝 **일러스트** 김영민
용지 화인페이퍼 **인쇄** 청아디앤피 **제본** 민성사

ⓒ 전국국어교사모임, 2012

ISBN 978-89-5862-524-7 44810

- 이 책은 저작권법에 따라 보호받는 저작물이므로 무단 전재와 무단 복제를 금합니다.
- 이 책의 전부 또는 일부를 이용하려면 반드시 저자와 (주)휴머니스트출판그룹의 동의를 받아야 합니다.